*Couverture la Couverture)*

## COMTESSE MATHIEU DE NOAILLES

———

## Les

# Éblouissements

*1935*

« Le cœur me bat avec plus de
violence qu'aux corybantes...»

PLATON. — *Le Banquet.*

PARIS

CALMANN-LÉVY, ÉDITEURS

3, RUE AUBER, 3

# LES

# ÉBLOUISSEMENTS

# CALMANN-LÉVY, ÉDITEURS

---

## DU MÊME AUTEUR

Format grand in-18.

### POÉSIES

LE CŒUR INNOMBRABLE (*Ouvrage couronné
par l'Académie française.*) . . . . . . . . . . 1 vol.

L'OMBRE DES JOURS. . . . . . . . . . . . 1 —

### ROMANS

LA NOUVELLE ESPÉRANCE . . . . . . . . . 1 vol.

LE VISAGE ÉMERVEILLÉ . . . . . . . . . . 1 —

LA DOMINATION . . . . . . . . . . . . . . 1 —

---

PARIS. — IMP. L. POCHY, 117, RUE VIEILLE-DU-TEMPLE. — 1217-4-07.

# COMTESSE MATHIEU DE NOAILLES

## LES

# ÉBLOUISSEMENTS

« Le cœur me bat avec plus de
violence qu'aux corybantes... »
PLATON. — *Le Banquet.*

C · L

## PARIS

CALMANN-LÉVY, ÉDITEURS
3, RUE AUBER, 3

I

# VIE - JOIE - LUMIÈRE

Tout amour de soleil est innocence
et désir de créateur!

NIETZSCHE.

# ÉBLOUISSEMENT

Quelquefois, dans la nuit, on s'éveille en sursaut,
Et, comme un choc qui brise et qui perce les os,
On songe au temps qui fuit, aux plus jeunes années,
A l'aurore enflammant les vitres fortunées,
Aux fougueux papillons, qui, sur la paix des blés,
Se poursuivaient pareils à des jasmins ailés.
Les odorantes fleurs étaient des puits, des jattes.
Les abeilles dansaient autour des aromates,
Et leur vol chaud semblait aux plantes retenu
Par un fil lumineux, élastique et ténu.
Comme un clair groupement de forces bondissantes,
Les collines riaient triomphantes, luisantes ;
Jeunes jours dont l'accent ne peut pas revenir,
Qui nous consolera de tous nos souvenirs !
O matins de quinze ans, où le corps tendre et preste
S'alliait à l'arome, à la chaleur céleste,
Où les oiseaux montaient d'un vol facile et pur,
Où tout l'être semblait aspiré par l'azur,
Où l'on palpait l'odeur, l'air, l'horizon, les vagues

Avec la main qui tremble et l'esprit qui divague !
Matins où l'on était solitaire et vainqueur,
Où l'on sentait courir les fleuves sur son cœur,
Où l'on goûtait, buvant l'aurore sur la cime,
La divine pudeur de se sentir sublime !
Où le désir, à l'aigle audacieux pareil,
Était un arc d'argent qui vise le soleil !
Pensif, l'on se sentait indispensable au monde,
L'on se disait : « Ma vie où le désir abonde,
Le flambeau de mes yeux, mon bras tendre et pressant,
Rajeuniront demain l'univers languissant... »
Je me souviens des soirs en mai sur la terrasse,
L'odeur d'un oranger engourdissait l'espace,
Et je sentais, venant par tous les blancs chemins,
Le soir apprivoisé se coucher dans mes mains...
Sans pouvoir distinguer les formes, les visages,
De tout, je me disais : « C'est Eros qui voyage. »
Les ailes des oiseaux et les pas des passants
Faisaient un même bruit de désir dans mon sang.
Sous le magnolia, le cèdre, les troènes,
L'odeur coulait ainsi que de chaudes fontaines,
Et, l'âme épouvantée, et le cœur éperdu
Je demandais à l'infini : « Que me veux-tu ? »
La lune, sur la mer mollement agitée,
Par chaque flot mouvant semblait être emportée,
Et sous l'astre laiteux aux bondissants regards,
Toute la mer était blanche de nénuphars...
Je contemplais cette eau luisante, énigmatique.
Je me disais : « Là-bas, c'est la puissante Afrique,

C'est le cri des félins, par l'écho répété,
C'est l'inimaginable et meurtrier été,
C'est la rage divine et l'écume de l'âme... »
Et j'étendais ma main pour toucher cette flamme.

— Aujourd'hui, le cœur las et blessé par le feu,
Je vous bénis encor, ô brasier jaune et bleu,
Exaltant univers dont chaque élan m'enivre !
Mourante, je dirai qu'il faut jouir et vivre,
Que, malgré la langueur d'un corps triste et brûlant,
La nuit est généreuse et le jour succulent;
Que les larmes, les cris, la douleur, l'agonie
Ne peuvent pas ternir l'allégresse infinie !
Qu'un moment du désir, qu'un moment de l'été,
Contiennent la suave et chaude éternité.
O sol humide et noir d'où jaillit la jacinthe !
Qu'importe si dans l'âpre et ténébreuse enceinte
Les morts sont étendus froids et silencieux;
O beauté des tombeaux sous la douceur des cieux !
Marbres posés ainsi que des bornes plaintives,
Rochers mystérieux des incertaines rives,
Horizontale porte accédant à la nuit,
O débris du vaisseau, épave qui reluit,
Comme vous célébrez la joie et l'abondance,
La force du plaisir, l'audace de la danse,
L'universelle arène aux lumineux gradins !...
— Et quelquefois, parmi les funèbres jardins,
Je crois voir, ses pieds nus appuyés sur les tombes,
Un Eros souriant qui nourrit des colombes...

## SOIR D'ESPAGNE

Les verts camélias, sur la poudreuse route,
　　Ouvrent leurs blanches, roses fleurs,
Petits vases dormants dont nul miel ne s'égoutte
　　Malgré la sublime chaleur.

Mais les pourpres œillets aux flammes ténébreuses,
　　Aux pétales aigus, ardents,
Semblent déchiquetés par des mains amoureuses,
　　Par des ongles et par des dents ;

Et leur suave odeur, leur émouvante extase
　　Saturent l'éther vif et mol,
La cloche sonne au toit du clocher de topaze,
　　O langueur d'un soir espagnol !

Dans la rue un parfum de poisson cru s'exhale ;
　　Assis sous un auvent de bois,
Un bel adolescent fabrique des sandales,
　　Insouciant comme les rois.

Sur le bord de la mer, où le sel bleu des vagues
        Mord l'azur d'un cuisant éclat,
Une usine répand des parfums doux et vagues
        De cannelle et de chocolat.

Et puis c'est le désert : une morne étendue
        De fossés, de talus pelés ;
La cathédrale énorme est dans l'air suspendue,
        Couleur d'or, de sucre brûlé.

De petits enfants bruns, comme de sombres anges
        Mêlent leurs corps déshabillés
Dans les ruisseaux étroits où roulent des oranges,
        Près des boutiques des barbiers.

O misère animale, active, triomphante,
        O saveur de la pauvreté,
Sous le ciel des guerriers, des trônes, des infantes,
        Dans le brasier bleu de l'été !

Qu'importe à ces humains dont le cœur est farouche,
        La chétive privation,
Ils ont leurs corps dansants, leurs bras ambrés, leur bouche,
        Ils ont la sainte passion !

Sur ces rocs désolés, où l'Océan se brise,
        Où le destin les relégua,
Ils respirent la nuit, dans l'odeur de la brise,
        Les beaux jardins de Malaga.

Ils ont la maison blanche et le balcon d'ébène,
    Le piment épais et vermeil,
Et pour les jeux sanglants, dans l'exaltante arène,
    Des places d'ombre et de soleil.

Ils ont leur sombre église à leurs amours propice
    Dans ce royaume d'argent noir,
Dans les niches couleur de résine et d'épice,
    La Vierge luit comme un miroir.

Et l'amant torturé offre un cierge qui fume
    A ce beau visage oppressé,
Et contemple, au travers de ces vapeurs d'écume,
    Cette Vénus au sein percé.

Et l'enlaçant soudain d'un tendre et triste geste,
    Lui dit : « O ma plaintive sœur,
Quel rival enflammé de ton amant céleste
    T'a mis ce couteau dans le cœur ? »

## IVRESSE AU PRINTEMPS

Printemps léger, crispé, charnu,
Encor si tremblant et si nu,
O douce saison déchirée
Où par chaque fente sacrée
S'efforce une tiède liqueur,
La pourpre ferveur de mon cœur
Ainsi qu'une grenade éclate !
Du sol doré, couleur de datte,
Tout veut fuir, jaillir, épaissir ;
O rameau chargé de désir !
Un oiseau sur son vert refuge
Chante, comme après le déluge...
— Printemps secret, sucré, divin,
Que je boive un limpide vin,
Dans la coupe de la tulipe !
Que dans une argentine pipe
Je brûle l'encens et l'anis !
O printemps, culte d'Adonis,

Que je célèbre ton ivresse !
Que mon cœur contre toi se presse
Jusqu'à ce qu'il soit tout ouvert !
Que je danse sur le pré vert
Au milieu des pigeons qui flottent,
Ivre comme une jeune ilote,
Dispersant la sève et les grains,
Et prenant, dans l'air qui grelotte,
Tout le printemps pour tambourin !

## DANSEUSE PERSANE

Dame persane, en robe rose,
Qui dansez dans le frais vallon,
Tournez vers mon âme morose
Votre œil de biche, sombre et long.

Veuillez écouter ma complainte :
J'étais faite aussi pour danser
Sur la tulipe et la jacinthe
Que vos pieds viennent caresser.

Un bas en or sur votre jambe
Luit comme un réseau de soleil,
Et tout votre jeune être flambe
Auprès d'un branchage vermeil.

Ce bel arbuste solitaire,
Où vous enroulez votre bras,
Est en feu comme un lampadaire,
Et parfume comme un cédrat.

Indiquez-moi la douce allée
Qui mène à ce pays charmant ;
Quel est le nom de là vallée
Où vous dansez éperdument?

Qui fut votre amant, quel poète?
Quel beau marchand, quel émailleur?
Quel enfant qui jetait sa tête
Dans vos genoux couleur de fleur?

Quand vous dormiez sur l'herbe, inerte
Le papillon dans votre col
Enfonçait-il son aile, verte
Comme les flammes de l'alcool?

Quels dieux serviez-vous? L'eau luisante ?
Le doux soleil fils de Thétis ?
Ou la prairie éblouissante
De neige et de myosotis?

Vos mains tenaient-elles les rênes
D'un éléphant noir de l'Iran,
Dont les clochettes indiennes
Frappaient la housse de safran ?

Sous le cyprès de la prairie,
Où court le faisan argenté,
Écoutiez-vous la sonnerie
Des soldats traversant l'été ?

Aux grilles d'or de la terrasse,
Posiez-vous votre front trop lourd
A l'heure où le désir s'amasse
Sur le cœur constellé d'amour ?

Comme je vois à tous vos gestes,
A vos secrets qu'on peut saisir,
A toutes vos mines célestes,
Que vous n'aimiez que le plaisir !

Que t'importait, ange farouche,
Ardent, faible et voluptueux,
Ce que, loin de ta douce bouche,
Les vieux sages disaient entre eux.

Pendant leur morne promenade,
Sur les bords du Tigre, en été,
Roulant leurs chapelets de jade,
Ils maudissaient la volupté.

Ils disaient que, puisque tout passe,
Puisque l'être est pareil au vent,
Il faut méditer dans l'espace,
Sous les platanes d'un couvent...

— Mais toi, danseuse au clair délire,
Gâteau de miel, de lis et d'or
Tu ris et dédaignes de lire
Leurs manuscrits où l'on s'endort.

Que leur corps usé se repose !
Mais toi, lorsque le rossignol
Se gorge du vin de la rose
Et tombe étourdi sur le sol,

Lorsque, sous la blanche églantine,
Dans l'épais tapis des cerfeuils,
La lune emplit d'ardeur divine
Les loups, les lynx et les chevreuils,

Tu t'élances sous le beau cèdre,
Tu caresses ses noirs rameaux,
Tu danses, grave comme un prêtre,
Chaude comme les animaux !

Tu chantes, et ta cantilène
Jaillit, bondit, comme un jet d'eau,
Toute ton âme se promène
Du vallon noir au noir coteau !

Tu dis que c'est l'heure de vivre,
Que le moment de vivre est court,
Que ton Dieu veut que l'on s'enivre,
De parfum, de vin et d'amour !

Tu dis que la terre est sans joie
Pour ceux qui sont dans le tombeau,
Qu'il faut que le désir s'éploie
Comme un vautour cruel et beau !

Tu dis, danseuse sanglotante,
Mêlant les pleurs à ton appel,
Que voici l'heure haletante
Où bout le sang universel !

Voix joyeuse et désespérée,
Ah ! que veux-tu donc obtenir
Par ton angoisse humble et sacrée,
Qui semble gémir ou hennir?

Tu chantes la vie, et la vie !
Mais, ô soif de l'immensité,
Je sais que ta suprême envie
Est de mourir de volupté...

# VENISE

Arpège de sanglots, de rayons et d'extase,
Venise, ville humide et creuse comme un vase.
Dirai-je avec quelle âpre et fiévreuse langueur
J'ai caressé ton ciel, et j'ai bu ta liqueur ?
Dirai-je ma douleur, quand mon désir sans nombre,
Pareil à la fusée ardente, qui dans l'ombre
Monte comme une fleur et meurt comme un baiser,
Au front noir de tes nuits cherchait à se poser ?...
Même ta place immense, argentée, héroïque,
N'est qu'un profond divan qu'alanguit la musique.
Le jour luit, la chaleur flotte et moisit sur l'eau :
On soupire à Saint-Blaise, à San Zanipolo ;
Les jardins accablés laissent pendre les branches
De leurs roses de pourpre et de leurs roses blanches.
La Dogana, le soir, montrant sa boule d'or,
Semble arrêter le temps et prolonger encor
La forme du soleil qui descend dans l'abîme...
O ville de douleur et de plaisir sublime,

Quelle ardeur brûle au fond de tes soirs vaporeux,
Pour qu'on veuille pâlir et défaillir sur eux?
Partout ton chaud poison se répand et s'enlize ;
Dans ton temple divin, dans ta suprême église,
Je n'ai vu qu'en pleurant, je n'ai vu qu'en tremblant,
Les mosaïques d'or avec leurs chevaux blancs.
Comme le clair poignard des barques sur l'eau verte,
Tu pénètres et luis dans l'âme découverte.
On ne peut rejeter cet amoureux fardeau ;
Même dans les jardins ombragés du Lido,
Sur le sable où bondit la claire Adriatique,
On meurt d'une langueur brûlante et pathétique...

O belle arche d'argent qui brilles sur les eaux,
Tes magasins, avec leurs perles, leurs coraux,
Ont des scintillements de phosphore et d'élytres,
La naïade et l'azur ruissellent sous les vitres,
L'air, les pavés, la rue ont un rose de fard ;
Les cafés langoureux de la place Saint-Marc
Sont de pourpres coussins où Vénus glisse et tombe
Dans le vol miroitant et mou de ses colombes...
Ah ! que les jours sont lents, quel mal, quelle torpeur !
Le cœur est contracté de soif et de chaleur.
Et, le soir, quand quittant la terrasse divine
On rentre dans la chambre où brûle la résine,
Quand il semble qu'au bord des lits, doux, fatigué,
Mystérieux, cruel, Eros est embusqué,
Quand on entend trembler la vitre et la muraille
Du chant qui dans la nuit et sur l'onde tressaille ;

Quand, cherchant à s'enfuir, on rencontre toujours
Les jambes de l'Amour et les bras de l'Amour,
Quand le pied qui s'élance aussitôt plie et glisse
Dans une molle barque, âcre et profond calice
Où, sous un dais obscur comme une nuit d'été,
Le désir et la mort mêlent leur volupté,
Alors, ivre, éperdue, esclave qui s'éveille,
Venise j'ai maudit ta force sans pareille ;
Du fond de mon cœur pur, de mon esprit sacré,
J'ai maudit ton sang noir et ton corps bigarré.
Comme Samson hagard prend le temple et le brise,
J'ai voulu sur mes bras faire crouler Venise !
Mais aussitôt, joignant devant tant de splendeur
Mes mains lâches d'amour, de tendresse, d'ardeur,
Je cherchais simplement, comme on cherche une porte,
Le bonheur, la douceur, le repos d'être morte,
D'être une morte, là, qui ne voit ni n'entend
L'épouvantable ardeur de Venise au printemps.
Ah ! que mon âme était inconsolable et nue !
O sanglot sans égal montant jusqu'à la nue !
O spectacle divin, monstrueux et dément,
La ville qui s'anime et devient notre amant ;
C'est elle qui bondit, c'est elle qui caresse ;
Elle chante, l'on cède, enivrante faiblesse !
Et je pleurais de peur, d'extase, de désir.
Je lui disais : « Voyez, je ne peux vous saisir,
Hydre délicieuse aux bouches innombrables,
Laissez-moi m'en aller dans votre eau, sous vos sables :
Assez de vos soupirs, assez de vos bonheurs !

Laissez-moi m'en aller à Saint-Georges-Majeur
Peut-être que le Dieu qui veille dans ce temple
Aura pitié d'un cœur qui s'affole et qui tremble...  »
Mais on ne quitte pas les secrètes rumeurs
De ce jardin de rêve et d'amour où l'on meurt ;
En vain le corps meurtri, l'âme prudente, ailée
Cherchent à s'échapper du puissant mausolée,
On reste. Un parfum d'eau, d'oursins, d'algues, de sel,
Semble purifier le mal universel.
Mais chaque soir revient, brisante poésie,
La chanson du désir et de Sainte-Lucie ;
Un rouge embrasement envahit le Canal :
On sait qu'on va souffrir, on veut se faire mal.
Tout brûle, tout frémit ; c'est l'heure où les gondoles
Comme de noirs dauphins s'ébattent sur l'eau molle.
On s'exalte, on entend sur l'humide chemin
De ces tombeaux flottants monter des cris humains.
L'horizon tout entier se torture et se pâme :
Venise a le plaisir comme l'enfer la flamme,
Et pose, sur les bords de l'espace et du temps,
Son lion de Saint-Marc aux ailes de Satan


Un jour, enfin, quittant cette épuisante fête,
J'ai fui, sans m'arrêter, sans retourner la tête.
Je fuyais, mon ivresse affreuse s'en allait.
Plus d'eau verdâtre et rose où tremblent des palais.
J'apercevais soudain des plaines douces, nobles,
Des hêtres, des ormeaux où pendaient des vignobles
Beauté d'un clair printemps ! Sur les cieux délicats

Des oiseaux étendaient leurs corps charmants et plats.
L'azur était léger, la terre était puissante,
Les troupeaux allongeaient leurs ombres innocentes...
Et maintenant, je vois avec un sombre effroi
D'autres êtres aller se meurtrir comme moi,
D'autres aller là-bas, où, dans la nuit divine,
On entend les bateaux qui partent pour Fusine ;
D'autres aller pleurer d'ardeur, de désespoir,
Dans l'éblouissement du marbre rose et noir,
D'autres vouloir sans peur presser sur leur corps tendre
Le plaisir qu'il ne faut pas voir et pas entendre,
D'autres, hélas ! vouloir aimer, toucher, goûter,
La ville que mon cœur n'a pas pu supporter...

## MATIN

L'azur tantôt languit et tantôt se réveille ;
L'été bourdonne et luit comme une jeune abeille,
Je me repose au cœur du temps vivace et clair ;
Le visage, baigné des flots joyeux de l'air,
Et de tous les parfums que le vent doux étale,
Respire avec autant de plaisir qu'on avale.
Sous le branchage simple et net d'un alizier,
Les touffes d'herbe sont comme un petit brasier.
Une émouvante et tendre odeur de friandises,
De lis, de sarrasin, d'orangers, de cerises
Est au centre du jour en ébullition.
L'œillet courbe sa tige et meurt de passion.
La brise, dont l'arome à la pêche s'égale,
Jette un papillon mauve au rosier du Bengale.
Dans l'assoupissement de l'éther argentin
On entend, comme un chant faible, assourdi, lointain,
Les coups du bûcheron et le bruit de la forge,
Le vol du roitelet, le cri du rouge-gorge,
Le vif crépitement du soleil bleu sur l'orge....
Ah ! comme on est heureux de vivre, ce matin !

# LE VOYAGE SENTIMENTAL

O mon ami, le temps fait bondir sa fanfare,
Venez, partons, fuyons, pour vivre ou pour mourir ;
Comme un puissant oiseau tournoie autour d'un phare
Allons brûler nos yeux aux flammes du plaisir !

Voyez, la lune luit comme un faune de marbre ;
Allons pleurer au creux des indolents hamacs,
Près des bosquets penchants, sous le parfum des arbres,
Dans les soirs langoureux et parfumés des lacs,

Dans les soirs d'Amsterdam, lorsque la brume arrive
Sur le fauve jardin, plein d'exaltations,
Et qu'on entend mugir vers leur lointaine rive
La panthère alanguie et les tristes lions.

Et puis, quittant soudain les villes et la lande,
Nous irons aborder dans l'île peinte en bleu,
Et, les regards errant sur la mer de Hollande,
Nous unirons nos cœurs profonds et nébuleux.

Nous verrons des vaisseaux, que le couchant embrase,
Glisser, les mâts tendus, sur l'infini serein,
Et nous évoquerons les soirs roses d'extase
De Paul et Virginie et de Claude Lorrain.

Alors nous quitterons les îles bocagères,
Les villages teintés du bleu des horizons,
Monikendam qui fait, sous les brises légères,
Luire comme des lis le seuil de ses maisons,

Nous irons en courant vers la divine Espagne,
Pays incendié, si sordide et si beau
Que l'on va sans chercher si la morne campagne
Mène à Valládolid ou bien à Bilbao...

Nous irons les yeux pleins d'azur, l'âme étourdie,
Mordant au piment rouge, au sucre, au fruit marin,
Et nous verrons un soir surgir Fontarabie,
Ronde et fumeuse ainsi qu'un bouclier d'airain !

Nous demeurerons là, sur un balcon qui bombe,
Sous le vitrail fragile et clair du mirador,
Regardant le jour bleu qui pâlit et succombe,
Entraîné par le poids glissant du soleil d'or...

Nous entendrons, le soir, le cri des poissonnières
Monter comme la voix des sirènes en feu,
Il semblera que l'ombre et la nature entière
S'appellent vers un lit sanglotant et joyeux.

Des muletiers iront, transportant la farine
Sur le dos maigre et nu de leur âne qui dort,
Un brûlant aloès luira, cerclé d'épines,
Je m'assoirai au coin de la Calle Mayor.

Quelquefois je serai l'hirondelle qui rase
Le palais rouge et noir qu'habitait Charles-Quint,
Palais inexorable et dur, froid comme un vase
Qui verse une eau glacée et un ennui hautain.

Nous vivrons là, cherchant à mélanger nos âmes ;
Mais moi, parfois, ayant beaucoup souffert d'aimer
Ce qui reste d'espoir, de secrets et de flammes,
Malgré nous dans nos mains et nos yeux enfermés,

J'irai sur le balcon, accouder ma paresse
Au-dessus de la rue, où les guitares font
Un giclement soudain de musique et d'ivresse,
Un bruit de feu, d'orage et de désir profond !

Le soir étant obscur, je ne pourrai connaître
Le passant langoureux, le chanteur triste et fort
Qui, dans la rue étroite, au bas de ma fenêtre,
Mêle les cris du rêve aux soupirs de la mort.

Mais pour me délivrer de mon amour du monde,
Du mal universel qui déchire mon cœur,
Je laisserai glisser, comme une algue dans l'onde,
Mon bras chargé de songe amoureux et d'odeur.

Tendre audace, au travers de l'onduleux grillage
Ma main viendra toucher les lèvres et les dents
Du chanteur sans regards, sans forme, sans visage,
Dont je n'aurai perçu que le désir strident.

Alors je pourrai croire avoir connu dans l'ombre
Ce mystique baiser que souhaite mon sang,
Baiser dont on ne sait ni le nom ni le nombre,
Qu'on pense avoir reçu de l'infini puissant.

Et je serai pareille alors aux saintes vierges,
Nymphes en manteau noir du couvent espagnol,
Dont les pieds sont baisés par la flamme des cierges,
Dont le visage meurt d'un sanglot fol et mol,

Vierges aux yeux luisants, à la bouche fardée,
Qui désignent leur cœur comme un brûlant aveu,
Dont le regard s'éteint d'extase poignardée
Au milieu du parfum de rose des cheveux,

Et qui, pleines d'un deuil ineffable et trop tendre,
Ivres des pleurs versés sur la mort de leur dieu,
Brûlent d'humilité, et ne peuvent défendre
Leur bouche désolée et leur cœur radieux...

## ADORATION

Beauté de tous les temps, ciel de tous les pays,
                Printemps de la jacinthe,
Ah ! comme dans mon âme et mes yeux éblouis
                Vous marquez votre empreinte !

Quels mots exprimeraient avec assez d'émoi
                D'ardeur et de courage,
La force et la douleur qui s'irritent en moi
                Du talon au visage !

Lorsque tout en mon sang s'émeut, puis-je choisir
                D'une voix sûre et lente,
Le chant harmonieux, la strophe du désir
                La syllabe odorante?

Comment dire le poids, impétueux, amer,
                De tout ce qui me touche !
Quelle ode suffirait ? Se peut-il que la mer
                S'élance par ma bouche?

Se peut-il que j'évoque avec des cris vermeils
      · Autant que des arbouses,
La splendeur des matins, la chaleur des soleils,
      La gaîté des pelouses?

Tant de rêve, d'amour, de désir, tant d'élans,
      C'est un si grand martyre ;
Hélas ! mourir un soir, le cœur encor brûlant !
      Sans avoir pu tout dire !

Mais peut-être que l'être, allégé des mots vains,
      Dans la mort solitaire
Peut vous louer avec des silences divins,
      O beauté de la terre !

O pouvoir vous louer avec des chênes verts,
      Des parfums de corolle,
Des regards azurés et des gestes ouverts,
      Comme un oiseau qui vole !

O vous louer avec l'or liquide et le sang
      Du soleil sur la cime,
Et le rire enflammé d'une âme qui descend
      Dans le Hadès sublime...

## MIDI PAISIBLE

C'est un jeune parfum d'écorce, d'eau, d'arbouse,
De sève, de pollen, dans l'espace blotti.
L'arbre, plein de soleil, en verse à la pelouse,
Et le bonheur divin est partout réparti.

Le feuillage est frisé, froncé comme des ruches,
Les herbes, les semis, le bourgeon éclaté
Ont le vert argentin et luisant des perruches,
C'est plus que le printemps et ce n'est pas l'été.

Tout donne son limpide éclat, ses douces poses !
Les fleurs de l'amandier, du pêcher transparent,
Tremblent comme un essaim pressé d'abeilles roses
Dont la bouche est pâmée et le cœur odorant.

Midi glisse et languit, la vie est assoupie,
Seul l'immense soleil meut ses élytres d'or,
Mais le saule, l'étang, la cigale, la pie
Se disent l'un à l'autre, en soupirant : « Je dors. »

Repos dans la nature ardente ! Les demeures
Ont laissé retomber les doux stores d'osier ;
Rien ne bouge, on dirait que des insectes meurent
Entre le sable chaud et l'ombre des rosiers.

On n'a pas de regrets, pas de désirs, pas d'âge,
Il semble que l'on soit un enfant libre et pur
Qui, renversant les bras, s'étend sur le rivage
Que la pelouse fait au bord du ciel d'azur.

Tout est si bon, si lent, si soumis, si paisible,
Et pourtant c'est un mol, un obsédant souci.
Longue paix, dont soudain s'enflamme un cœur sensible ;
Mon Dieu, mon Dieu ! la paix touche au délire aussi...

# EROS

Hélas! que la journée est lumineuse et belle!
L'aérien argent partout bout et ruisselle.
N'est-il pas dans l'azur quelque éclatant bonheur
Qui glisse sur la bouche et coule sur le cœur
De ceux qui tout à coup éperdus, joyeux, ivres,
Cherchent quel âpre amour étourdit ou délivre?
— Mais soudain l'horizon s'emplit d'un vaste espoir.
Tout semble s'empresser, s'enhardir, s'émouvoir:
Il va venir enfin vers l'âme inassouvie
L'Eros aux bras ouverts qui dit: « Je suis la vie! »
Qui dit : « Je suis le sens des instants et des mois,
Touchez-moi, goûtez-moi, mes sœurs, respirez-moi!
Je suis le bord, la fin et le milieu du monde,
Une eau limpide court dans ma bouche profonde,
L'énigme universelle est clarté dans mes yeux,
Je suis le goût brûlant du sang délicieux,
Tout afflue à mon cœur, tout passe par mon crible,
Je suis le ciel certain, l'espace intelligible,
L'orgueil chantant et nu, l'absence de remords
Et le danseur divin qui conduit à la mort... »

# BONDISSEMENT

Laissez-moi m'en aller, l'azur est comme une eau,
L'espace a la couleur joyeuse des jonquilles,
Le pin met des fils d'or dans ses vives aiguilles,
Les chemins éblouis montent sur le coteau !

Laissez-moi m'en aller, les abeilles m'attendent,
Je vois déjà là-bas le frêne le plus gai
Me faire signe avec son feuillage laqué,
Et le saule onduleux me jette ses guirlandes.

Les bosquets sont chantants, le pré vert est gonflé,
La chaleur du matin sur le platane arrive,
La colline est paisible, et semble être la rive
De l'azur, frémissant et joyeux lac ailé...

Avec les yeux, les mains, les bras ouverts, tout l'être,
Je veux aller toucher le sucre humide et bleu
De l'espace, où, nouant et dénouant leur jeu,
Les oiseaux enivrés s'élancent et pénètrent.

Je vais vers l'horizon où près d'un arbre noir
Je vois luire un toit plat sur une maison rose,
Toute la volupté de Florence repose
Sur ce toit vaporeux, et clair comme un miroir.

Ainsi je puis goûter, respirer, toucher, mordre
La beauté du matin, la gomme des bourgeons,
Le feuillage étoilé des bambous, l'air, les joncs,
La craintive anémone et la rose en désordre !

Ainsi je puis jeter mes mains sur l'infini,
Tout est près de ma bouche et rien ne se refuse,
Nul perfide soupir, nul écart, nulle ruse
N'éloignent de mes doigts le jour vert et verni.

Et pourtant une angoisse invincible et profonde,
Ivre, lourde d'odeur comme un pesant cédrat,
Fait trembler mes genoux et retomber mes bras
Et je suis prisonnière au cœur vaste du monde.

C'est que, sans m'apaiser au fleuve de l'été,
Sans jamais assoupir mon rêve qui se pâme,
O brûlant Univers ! je vais, cherchant votre âme
Qui n'est que dans les yeux et dans la volupté...

# CONSTANTINOPLE

J'ai vu Constantinople étant petite fille,
    Je m'en souviens un peu,
Je me souviens d'un vase où la myrrhe grésille,
    Et d'un minaret bleu.

Je me souviens d'un soir aux Eaux-Douces d'Asie :
    Soir si traînant, si mou,
Que déjà, comme un chaud serpent, la Poésie
    S'enroulait à mon cou.

Une barque passa, pleine de friandises,
    O parfums balancés !
Des marchands nous tendaient des pâtes de cerises
    Et des cédrats glacés.

Une vieille faisait cuire des aubergines
    Sur l'herbe, sous un toit,
Le ciel du soir était plus beau qu'on n'imagine,
    J'avais pitié de moi.

Et puis j'ai vu, cerné d'arbres et de fontaines,
          Un palais rond et frais,
Des salons où luisait une étoile d'ébène
          Au milieu des parquets.

Un lustre clair tintait au plafond de la salle
          Quand on marchait trop fort ;
J'étais ivre d'ardeur, de pourpre orientale,
          Mais j'attendais encor.

J'attendais le bonheur que les petites filles
          Rêvent si fortement,
Quand l'odeur du benjoin et des vertes vanilles
          Évoque un jeune amant ;

Je cherchais quelle aimable et soudaine aventure,
          Quel enfantin vizir
Dans ce palais plus tendre et frais que la Nature,
          Allait me retenir.

Ah ! si, tiède d'azur, la terre occidentale
          Est paisible en été,
Les langoureux trésors que l'Orient étale
          Brûlent de volupté.

O colliers de coraux, ô nacres en losanges,
          O senteurs des bazars ;
Vergers sur le Bosphore, où des raisins étranges
          Sont roses comme un fard !

Vie indolente et chaude, amoureuse et farouche,
      Où tout le jour l'on dort,
Où la nuit les désirs sont des chiens, dont la bouche
      Se provoque et se mord.


Figuiers d'Arnaout-keuï, azur qui luit et tremble,
      Monotone langueur
De contempler sans trêve une rive qui semble
      Dédiée au bonheur !


Hélas ! pourquoi faut-il que les beaux paysages
      De rayons embrasés,
Penchent si fortement les mains et les visages
      Vers les mortels baisers?


Tombes où des turbans coiffent les blanches pierres,
      O morts qui sommeillez,
Ce n'est pas le repos, la douceur, les prières
      Que vous nous conseillez !


Vous nous dites : « Vivez, ce que contient le monde
      De sucs délicieux,
On le boit à la coupe émouvante et profonde
      Des lèvres et des yeux.


« La beauté du ciel turc, des cyprès, des murailles,
      Nul ne peut l'enfermer,
Mais le bel univers se répand et tressaille
      Dans des regards pâmés.

« L'immense odeur du musc, du cèdre et de la rose
   Glisse comme le vent ;
Mais l'Amour, de ses doigts divins, la recompose
   Au creux d'un chaud divan.


« Sainte-Sophie avec ses forêts de lumière
   Et ses bosquets d'encens
Se laisse contempler et toucher tout entière
   Sur un corps languissant... »


Hélas ! je vous entends, morts de la terre chaude,
   Vous me brûlez les os !
Depuis mes premiers ans, toute mon âme rôde
   Auprès de vos tombeaux ;


J'étais faite pour vivre au bord de l'eau profane,
   Sous le soleil pressant,
Consacrant chaque soir à la jeune Diane
   La Ville du Croissant.


J'étais faite pour vivre en mangeant des pignolles,
   Sous le frêle prunier
Où Xanthé préparait, enfant joyeuse et molle,
   Le cœur d'André Chénier.


J'étais faite pour vivre en ces voiles de soie,
   Et sous ces colliers verts,
Qui serrent faiblement, qui couvrent et qui noient
   Des bras toujours ouverts.

La douce perfidie et la ruse subtile
      Auraient conduit mes jeux
Dans les jardins secrets où l'ardeur juvénile
      Jette un soupir joyeux.

On n'aurait jamais su ma peine ou mon délire,
      Je n'aurais pas chanté,
J'aurais tenu sur moi comme une grande lyre
      Les soleils de l'été ;

Peut-être que ma longue et profonde tristesse
      Qui va priant, criant,
N'est que ce dur besoin, qui m'afflige et m'oppresse,
      De vivre en Orient !...

# DANSE

Quel miroitement de l'éther
Où vibre une chaude cadence !
Je t'offre les splendeurs de l'air,
O Bacchus, fils de Jupiter,
Dieu passïonné pour la danse !

Les oiseaux, d'un vol vif et dur,
— Flèches qu'un arc secret élance, —
Caressent le front du jour pur,
Fondent dans les bains de l'azur,
Pâlissent dans la nue immense !

Sous les espaces arrondis,
La terre, bleuâtre fumée,
Par ses aromes attiédis
Soupire vers le paradis.
— Et toi mon âme, âme enflammée,

Dépasse aussi les arbres verts,
Déchire la molle buée,
Sois le parfum du ciel ouvert,
La cymbale de l'univers
Et la danseuse des nuées !

## LES SAVEURS DE L'AIR

Mon Dieu, que j'ai goûté la douce odeur de l'air,
    De l'air charmant, glissant et clair,
Odeur simple au matin, et le soir si chargée
    De feu, de lueur orangée !

Ah ! comme je connais les diverses saveurs
    De cet air alourdi de fleurs
Qui se soulève, ou qui se débat et s'appuie
    Sur un feuillage plein de pluie ;

De cet air qui vient boire au large catalpa,
    Et qui se glisse jusqu'au bas
Des plates-bandes où les tiges qu'on arrose
    S'égouttent sur le sable rose ;

De cet air des jardins ou de cet air marin,
    Mêlé d'algues, de romarin,
Et de pétunias, dont la liqueur se colle
    A chaque brise qui s'envole ;

De l'air mouillé de glaise et de frais champignons.
Des longs jours où nous nous plaignons
De voir, sur le jardin, couler la tiède averse
Qui le clôture et le traverse !

Mon Dieu ! que j'ai goûté l'air sage, indifférent
D'un matin à peine odorant,
Et l'air voluptueux et vif des jours d'orage,
Cet air qui rêve et qui voyage !

Que de fois je suis là, respirant seulement,
Heureuse dans le soir clément,
Ou baisant et pressant les douces molécules
De l'air gonflé des crépuscules,

Ou bien, buvant avec chaque grain de la peau,
Cet air vivant, courant, dispos,
Cet air ailé, vivace habitant du feuillage,
Oiseau de la céleste cage !..

## LES EAUX DE DAMAS

Que de bonheur perdu loin des plus beaux climats !
Je ne verrai jamais la ville de Damas,
Mais en fermant les yeux, en laissant goutte à goutte
Son image filtrer dans mon âme, j'écoute
Le bruit que fait son eau, si vive, paraît-il...
Un bruit de printemps vert, de mille mois d'avril,
Bruit de sources errant dans le jardin d'Armide,
Bruit d'air, de fifre d'eau, de tambourin liquide,
Bruit argentin, luisant, circulant, blanc et blanc,
Bruit de brise qui glisse et de poisson volant.
Ah ! comme je vous vois, eaux douces, promptes, nettes
Qui giclez, qui tintez, obsédantes sonnettes,
Qui montez dans le fût des fontaines, et puis
Rejaillissez encor, ressautez dans des puits,
Dans des prés, dans des fleurs dont les gosiers halettent...
O frais linges courant, glissantes bandelettes,
Peuple d'eau qui jouez et dont on ne peut pas
Arrêter le plaisir, le rire, les ébats,

Les bonds étincelants, pareils aux jeunes branches
Du cerisier de mai fleuri de perles blanches !
Petits sorbets fondant, tressaillant, ondulant
Autour des palmiers chauds et du dôme brûlant,
Qui répandez, jetant au vent vos tarlatanes,
La fraîcheur du melon et des poires crassanes,
La fraîcheur du bambou, de la natte d'osier,
Du pamplemousse empli d'un parfum de rosier,
Eau qui courez, servez, comme une jeune esclave
Qui monte, qui descend, qui parfume et qui lave !
Fraîche Folie avec tous ses grelots d'argent !
Ruisseaux qu'on voit toujours s'irritant et bougeant,
Nouant et dénouant vos petites ceintures,
Vous froissant aux murs blancs, vous piquant aux verdur
— Plus frais que le platane et les cèdres foncés,
Quelle ombre vous donnez, nuages renversés,
Flots nombreux et serrés comme des hirondelles
Qui se groupent, et font de l'ombre avec leurs ailes !.
O Beauté d'un pays dont les bras sont tintants
De ces bracelets d'eau, de ces colliers chantants,
Vous que j'eusse si bien contre mon cœur tenue,
Que j'eusse, d'une ardeur avant nous inconnue,
Comblée avidement de soupirs et d'amour, .
Pourquoi ne dois-je pas vous rencontrer un jour?
J'aurais, pour apaiser tant d'amour et de fièvres,
Goûté les ruisseaux clairs qui coulent de vos lèvres,
J'aurais jeté, cherchant la fraîcheur du tombeau,
Mon cœur sous vos filets, sous vos résilles d'eau;
J'aurais vu fuir cette eau qui court comme des billes,

Qui luit comme des yeux, des roses, des pastilles,
Et les bras étendus, les regards engourdis,
Me sentant devenir moi-même un paradis,
Emplissant le beau ciel de molles cantilènes,
Laissant l'onde envahir mes songes assourdis,
J'aurais fait de ma vie, au chant de ces fontaines,
Un pétale arraché, que des sources entraînent
Vers les azurs secrets et les divins midis...

## JOUR D'ÉTÉ

Le matin lumineux semble une chaude neige,
Et luit comme un dessin qu'une vitre protège.
Nulle ombre ne ternit ce calme long, égal ;
L'azur a l'éclat net et dur d'un minéral ;
La verdure est d'un vert trop doux, plus doux encore...
Chaque arbre est enroulé d'une liquide aurore ;
Un geai semble emporté vers la claire hauteur
Par la force et l'élan d'un battement de cœur.
Les fleurs, sur la pelouse où des agneaux vont paître,
Ont le robuste éclat d'une fête champêtre ;
L'ombrage se déverse et fait de noirs étangs
Où l'insecte et l'oiseau se reposent, contents.
Douce diversité des feuilles et des lignes !
Sous les ormes luisants où s'enroulent les vignes
On croit voir s'élancer, au son du tympanon,
Les nymphes et les beaux garçons d'Anacréon !..
— O tendre flamboiement, l'immense gratitude
Pour tant de paix, de joie heureuse, d'altitude,

S'agite dans mon cœur comme un flot triomphant,
Comme des rameaux clairs portés par des enfants !
Les coteaux, dans le ciel léger, s'évanouissent
A force de chaleur, de vapeur, de délices.
Une exaltation soulève l'Univers,
Les cieux, tranchants et vifs, pénètrent les bois verts.
Le mol pétunia, l'œillet, les chèvrefeuilles
Donnent leur goût divin aux brises qu'ils recueillent.
Luxurieuse ardeur du languissant été !
Les monts d'argent sont des soupirs de volupté,
Tout mon cœur vaporeux d'entre mes bras s'envole,
Je ris, je tends les mains, je baise l'herbe molle,
Et là-bas, dans l'azur, un train s'est enfoncé
Avec son cri de joie et ses sanglots pressés,
Tandis que, détaché d'une invisible fronde,
Un doux oiseau jaillit jusqu'au sommet du monde !...

## PAYSAGE PERSAN

Un jet d'eau, parmi des tulipes,
Tremble comme un arbuste frais;
Un derviche fume sa pipe
Près d'un mur jaune et d'un cyprès.

Sous un dôme d'un blanc de camphre
Une dame, que fond l'été,
Avec un éventail de chanvre
Rafraîchit son sein exalté.

Dans une douce frénésie,
Une adolescente, en turban,
Sur un balcon rose d'Asie
Jette du blé vert à des paons.

Le monde est une vasque tiède,
Bain de lait, bain de volupté!
Le poids brûlant du lilas cède
Aux caresses du vent d'été.

Sur l'indigo des nuits persanes
Le croissant de lune apparaît.
L'air a des parfums de tisanes
Et des empressements secrets.

Un homme accorde une guitare
Près du jet d'eau bas, argentin,
Tandis qu'une femme prépare
Un lit charmant dans un jardin...

# L'ENIVREMENT

Printemps, mets ton charmant visage dans mon cou,
O ma chère saison, enchantons-nous de vivre ;
Sur la douce colline où chaque fleur s'enivre,
Le matin marche avec ses souliers de bambou.

Dans l'espace éclatant, le soleil solitaire
Est si large, si mol, si vif et desserré,
Qu'on ne sait plus, tant l'air est un cercle doré,
S'il descend de la nue ou jaillit de la terre !

Au bord de leur jardin et d'un étroit verger,
Devant la grille basse et close sur la route,
Les maisons, où le miel de la chaleur s'égoutte,
Sont vives comme l'herbe et blanches comme Alge

Tous les petits jardins s'abritent sous leur arbre,
Le beau silence semble un bassin d'azur frais ;
La jeunesse du temps pose ses pieds secrets
Sur les dormants cailloux de granit et de marbre.

Le désir et l'été oppressent chaque fleur,
Leur animale vie aimablement soupire,
Un oiseau, qui dans l'or du grand matin délire,
D'un cri continuel perce l'air plein d'odeur.

Entre des volets clairs, par des vitres ouvertes,
On voit, dans l'angle obscur d'une salle à manger,
Les tasses, la théière et le plateau léger
Ornés de petits ponts et de Chinoises vertes.

— Et je sens que le soir, près des tendres jasmins,
Sur la pierre brûlante et plate des terrasses,
A l'heure où le sifflet d'un train s'élance et passe,
Des jeunes femmes ont la tête dans les mains.

Elles ne savent plus que faire de leur âme
Dans des instants si doux et si fort parfumés,
Et rêvent qu'en des doigts subtils et bien aimés
La rose de leur cœur s'amollit et se pâme.

Ah ! comme je connais ces âmes en langueur
Qui, pleines de désirs et de soupirs, ajoutent
Leur déchirant parfum au printemps qu'elles goûtent,
Comme une abeille met du miel sur une fleur !

Ah ! pendant ces printemps, que d'ardeur répandue
Sur les pétales noirs des odorantes nuits,
Et que de cœurs penchants, pleins de divins ennuis,
Vous ont, ô Volupté, doucement attendue...

# LES TERRES CHAUDES

C'est un brûlant accablement,
L'espace, par chaude bouffée,
Descend sur la plaine étouffée,
Sur le taillis lourd et dormant.

Il semble que la nue ardente,
Que l'azur, que l'argent du jour,
Tombent du poids d'un grand amour
Sur toute la terre odorante,

Sur la terre ivre de couleurs,
Où tendre, verte, soleilleuse,
La primevère, aimable, heureuse,
Luit comme une laitue en fleurs.

La lumière semble sortie
De son empire immense et haut
Pour se poser sur le plateau
Que fait la feuille de l'ortie,

Pour se poser sur le prunier,
Sur le tronc mauve de l'érable.
Tout l'univers est désirable,
Et se pâme, d'amour baigné...

— Je songe aux villes éclatantes,
A des soleils mornes et forts
Pesant comme une rouge mort
Sur les rivières haletantes.

O divin étourdissement
Dans la douce île de Formose,
Lorsque le soir le paon des roses
Fait son amoureux sifflement,

Langueur des villages de paille,
Où, chaude comme l'âpre été,
La danseuse aux doigts écartés
Est un lis jaune qui tressaille.

Moiteur des nuits du Sénégal,
Corps noirs brûlants comme une lave,
Herbe où le serpent met sa bave,
Sanglots du désir animal !

O Rarahu, ô Fatou-gaye,
O princesse Ariitéa,
Ivres d'un feu puissant et bas
Qui vous brûle jusqu'aux entrailles ;

Immense stagnance du temps,
Torpide, verte, lourde extase,
Odeur du sol et de la case,
Herbages mous comme un étang.

Tristesse, quand la nuit s'avance
Avec ses bonds, ses cris déments,
De songer à des soirs charmants
Dans la Gascogne ou la Provence,

Et soudain, salubre parfum
D'un navire aux joyeux cordages
Qui glisse vers de frais rivages
Avec ses voiles de lin brun !

O beauté de toute la terre,
Visage innombrable des jours,
Voyez avec quel sombre amour
Mon cœur en vous se désaltère !

Et pourtant il faudra nous en aller d'ici,
Quitter les jours luisants, les jardins où nous sommes,
Cesser d'être du sang, des yeux, des mains, des hommes
Descendre dans la nuit avec un front noirci,

Descendre par l'étroite, horizontale porte,
Où l'on passe étendu, voilé, silencieux ;
Ne plus jamais vous voir, ô Lumière des cieux
Hélas ! je n'étais pas faite pour être morte...

## LA CONSOLATION DE L'ÉTÉ

Je ne crains que la pâle ivresse de l'automne,
Son extase assoupie, ardente, monotone ;
Mais tant que c'est l'immense et fabuleux été,
Le cœur bondit d'espoir, d'impétuosité !
En vain l'âpre douleur s'approche et nous pénètre,
On monte dans l'azur avec l'orme et le hêtre,
Avec les marronniers qui, si joyeux, si hauts,
Semblent des prés luisants portés sur des rameaux.
On s'embarque sur chaque odeur et sur chaque aile,
Une abeille, en glissant, nous entraîne avec elle,
Et l'on se joint à vous, fût-on las et brisé,
Danseur des clairs jardins, jet d'eau vaporisé !
Car se peut-il qu'on soit sans espoir, que l'on meure,
Quand tout est si divin et doux dans la demeure ?
Quand le comble jardin, comme un vase éclaté,
Gît en mille morceaux de feu, d'ombre, d'été ;
Quand les stores de mince et claire vannerie,
Luttant avec l'azur et portant sa furie,
Conservent la maison et l'escalier plus frais
Que les bassins d'argent et les cruches de grès.

Que de maisons d'été sur les routes rangées !
Les unes, débordant de roses orangées,
Semblent fendre leurs murs et jeter de leur cœur
Ce poids délicieux de lumière et d'odeur.
Épanchement suave, émouvante abondance !
Le monde des frelons, des taons, des guêpes danse
Et blesse, dans sa brusque et rude passion,
L'azur, dont on perçoit la respiration...
Les oiseaux sont légers, une hirondelle incline
Son deuil lisse et furtif sur des œillets de Chine.
— Charmilles, ifs taillés, sentiers de buis ornés !
L'ombrage et le soleil, pétales alternés,
S'aiguisent l'un à l'autre, et tremblent sur le sabl
Un jardin est secret, profond, inépuisable ;
Tout y est ténébreux, confortable et divers,
Toutes les plantes ont d'autres teintes de vert.
La clématite, éparse et molle, se comporte
Autrement que les lis qui veillent à la porte ;
Chaque fleur a ses jeux, sa foi, son passe-temps ;
Semblable au nénuphar sur un tranquille étang,
La capucine, au bord de son large feuilllage
Liquide, transparent, frais et détendu, nage ;
L'héliotrope est un subtil grésillement,
Un charbon violet, délicat et charmant,
Dont le crépitement, incessant, tord et ride
L'azur qui se suspend à sa grâce torride.
Et, de tous ces petits calices consumés,
De ces gosiers de miel, ouverts, demi-fermés,
De ces grappes d'odeur, languides, expansives.

Écumant sur le jour comme l'eau sur les rives,
Montent cette buée et ces soupirs pareils
A la vapeur royale et blanche des soleils...
— O jardins ! ô maisons que je ne puis décrire !
Où la paix, le bonheur, la musique et le rire
Sont enfouis, cachés, trésor mystérieux,
Vous êtes le délire et l'amour de mes yeux !
Vous êtes ma constante et vaporeuse aurore,
Je sens vivre chez vous tous les dieux que j'adore,
Mes dieux de l'Ionie et tous les dieux humains,
Petits faunes gaulois, celtiques et germains,
Dieux des rayons joyeux que le gravier émiette,
Dieux des bois, des bassins, des fleurs, de la brouette,
De la bêche d'argent, du puits, de l'arrosoir,
Petits dieux du matin et petits dieux du soir !
Ainsi, quand tout est tendre et clair, quand tout se pâme,
Quand les blancs papillons sont brodés sur notre âme,
Quand on sent palpiter l'arome et la couleur,
Vous ne pouvez nous vaincre, oppressante Douleur !
Je sens bien que sur moi votre main glisse et passe,
Qu'importe, je bondis, je m'enfuis dans l'espace !
Vos perfides conseils de soupir et d'amour
Attirent moins le cœur que la beauté du jour
Dont chaque grain du sang se recouvre et s'étonne...
— Et l'on se sent alors libre comme Antigone
Qui, voyant approcher son suprême moment,
Repoussant le bras triste et fort de son amant
Et détachant de lui son ardeur coutumière,
Ne se mariait plus qu'à la douce lumière...

## COMMENCEMENTS

Je songe quelquefois à mon commencement ;
    L'azur venait d'éclore
Et déjà je vivais, avec un cœur charmant,
    Éparse dans l'aurore.

Je suis comme le temps, ma vie est faite avec
    La matière du monde,
Je fus avant l'immense Égypte, avant les Grecs,
    Aux premiers jours de l'onde ;

J'ai dû naître sur l'eau, dans un matin puissant,
    Sous la luisante écume,
Quand l'Univers était un volcan plein d'encens,
    Un mol azur qui fume.

Je crois me souvenir de ce matin où vint
    Sur mes lèvres mouillées
Se poser à jamais le lyrisme divin
    Aux ailes éployées.

Et maintenant, je suis le tendre et chaud miroir
De l'époque en allée,
La fraîcheur du matin, la tristesse du soir
Et la nuit étoilée.

Quelquefois je me sens couchée au bord des eaux,
Un dattier noir m'effleure
Tandis que, lents coteaux balancés, des chameaux
Vont vers l'Asie-Mineure.

Quelquefois je m'assieds dans l'or d'un sable amer,
A l'abri bleu du saule,
Et j'attends que revienne Ulysse jeune et clair,
La rame sur l'épaule.

J'habite tout l'espace et je remonte au temps;
Je m'en vais attendrie
Ecouter les docteurs ondoyants et chantants
Des soirs d'Alexandrie.

Parfois je suis la chaude Arabe, aux yeux de loup,
Qu'un songe immense creuse,
J'erre dans les jardins d'un couvent andalou,
Près d'une palme heureuse.

Je ne pourrais jamais exprimer mon désir,
L'ardeur qui me terrasse,
Ni si les monts d'argent me prêtaient leur soupir
Soulevé dans l'espace,

Ni si le lis brûlant me donnait son odeur
　　　Dans l'azur infusée,
Ni si toute la mer se groupait dans mon cœur
　　　Pour jaillir en fusée !

## POÈME DE L'AZUR

Le jour d'été suffoque, étouffe, perd haleine
Sous l'implacable ciel de blanche porcelaine.
Tout brûle, consumé d'un voile de safran,
Et rêve à quelque acide, invisible torrent...
Les souffles, les élans, les chants, les rumeurs cessent.
Entre les arbres, dont les verts sommets le pressent,
Le ciel est blanc ainsi qu'une rue à Tunis.
Le parfum des œillets, du benjoin et des lis
Fait autour des jardins de flottantes tonnelles.
Le jour luit comme un char que traînent cent mille ailes !
La douce, palpitante et plaintive chaleur
A soif comme un sillon, comme un gosier de fleur,
Comme un enfant qui court dans un jardin d'Espagne.
O sécheresse ardente enflammant la campagne !
L'air est vide, la vie est retirée au loin
Dans la fraîcheur des bois, de la vigne, du foin,
Près de la source où l'air s'ébat et semble humide...
— Mais, moi, ô Sécheresse, ô ma jaune Numide,

O tireuse de l'arc, guerrière de l'été,
Je veux toucher ta joue et ton cœur dilaté,
Ta blancheur qui ressemble au beau temple d'Egine,
Qui ressemble au vol blanc des cigognes de Chine,
Aux Bouddhas assoupis dont les mains sont en or,
A l'immense chaleur des places de Louqsor,
Aux mers de Marmara lumineuses et chaudes,
Aux marchés de Turquie où tant de fièvre rôde,
Où le besoin de boire est un si dur désir
Qu'une pastèque fait sangloter de plaisir !
A Téhéran qui gonfle et balance ses dômes,
A Mossoul qui se meurt sous des baisers d'aromes,
Où l'on voudrait, frappant un azur submergeant,
Lever contre le ciel des boucliers d'argent !
— Mais qu'importe, chaleur, ta force âpre et cruelle,
C'est toi la vie ardente, avide, sensuelle !
C'est toi qui rends soudain sulfureux et strident
Le doux bord alangui des routes d'Occident ;
C'est toi qui viens briller sur les stores de toile
Comme une matinale et souveraine étoile,
Toi qui fais éclater comme un fruit de Blidah
Les timides volets des blanches vérandas,
Qui fais qu'un mol étang où quelque barque chôme
Devient plus langoureux que les rives de Côme,
Et que le cœur, enfin, lumineux, écarté,
S'enivre de loisirs, de mort, de volupté,
D'âcres langueurs, de feu, de secrets, de phosphore
Comme un blanc cimetière ouvert près du Bosphore...

## PESANTEUR DU SOIR

C'est le soir, le ciel est divin,
Je vois sur cet azur très pâle
Un toit d'ardoises lie-de-vin.

L'odeur du foin mouillé s'exhale,
Un sapin tramé sur le ciel
Semble noir dans l'éther d'opale ;

Quel silence torrentiel
Étouffe, écrase un cœur qui rêve !
Le datura donne son miel,

Le lis laisse pendre sa sève.
Les fleurs d'un massif jaune d'or,
A cette heure pressante et brève,

Ont de timides haut le corps
Avant d'entrer dans les ténèbres
Où va rôder le vent du Nord.

Ce sont des instants doux, funèbres,
Où les aromes languissants
Nous pénètrent jusqu'aux vertèbres.

Cette paix du soir qui descend
Scelle une pierre sur ma vie,
Glisse de l'ombre dans mon sang.

Un train campagnard court, dévie
Et siffle comme un paquebot
Passant sur un lac d'Italie.

Que tout est lent, paisible, beau,
Dans l'immense et haute nature,
Qui semble un vaporeux tombeau !

On voit frissonner la verdure,
Et les blanches fleurs du tabac,
Au cœur de la pelouse obscure.

— Pour lutter contre ce trépas,
Contre ces torpeurs et ces sommes,
Élancez vos brûlants ébats,

Amour, continuez les hommes !..

# VOICI L'ÉCLOSION DU PRINTEMPS

Voici l'éclosion du printemps vert amer,
L'air est plus vif, plus gai qu'un bateau sur la mer !
— Printemps, qu'une autre main soigneusement vous touche,
Moi, je vous aime avec ma colère et ma bouche,
Avec tout l'appétit des nerfs fins et profonds,
Avec mon gosier tendre où votre odeur se fond...
Ne pourrez-vous jamais lasser enfin mon être ?
Hélas ! vous le voyez, je ne puis vous connaître,
Vous surprendrez mon cœur jusqu'au jour de la mort,
Vous êtes chaque fois plus petit et plus fort,
Plus naissant, plus divin, pur enroulé d'abeilles,
Plus semblable à la joie, au rêve, à la corbeille,
Plus parfait, plus secret, plus évident, plus vert,
Plus léger, plus serré, plus fermé, plus ouvert !
— Ah ! pour que ta splendeur à mon regard se voile,
Printemps de lin et d'or, de perles et de toile,
Pour que sans en souffrir je sente ton éclat,
Pour ne pas défaillir dès tes premiers lilas,

Pour n'être pas, dans l'ombre où ta langueur se porte,
Une nymphe mourante, une naïade morte,
Pour demeurer sur l'herbe, autour de ma maison,
Sans fièvre, sans soupirs, sans pleurs, sans pâmoison,
Pour fuir le piège ardent que tu voudras me tendre,
Je vais faire le vœu, par ce matin trop tendre,
De ne te regarder qu'au travers de mes doigts
A demi clos ainsi que des volets étroits...

# VOLUPTÉ

Quel soir ! Le ciel est sombre et l'on parle à voix basse,
La chaleur, le parfum combattent dans l'espace ;
Une étoile que frappe et blesse le vent vert,
Se fatigue à tenir son œil brillant ouvert.
Le ciel triste, alourdi d'orage et de nuée,
Rabat sur les chemins, dans l'ombre exténuée,
Les parfums exaltés des rosiers amoureux,
Des sanglotants rosiers qui se plaignent entre eux.
Les épais marronniers, aux fleurs fortes et molles,
Sont de puissants vaisseaux chargés de girandoles ;
Je sens flotter sur moi mes désirs haletants
Comme la blanche haleine au-dessus des étangs...
O soir mortel et doux, noir Eros, je m'enfonce
Dans ton ombre démente et plaintive, où des ronces
S'attachent à mon bras, s'attachent à mon pied
Et me font défaillir d'amour extasié...
Mais si ce soir m'épuise et s'il me décompose
Qu'importe ! levez-vous, parfum divin des roses !

5

— O peuple des rosiers qui déchirez mon corps,
Vous êtes le baiser, la flamme, les transports,
Vous êtes les palais des anges érotiques,
Le lit des souvenirs, les cris aromatiques,
Et soudain, votre ardeur dans mon rêve élança
Le bruit voluptueux des flots sur Palanza...

## LES TOURMENTS DE L'ÉTE

C'est l'été, je meurs, c'est l'été....
Un désir indéfinissable
Est sur l'univers arrêté.
Ah ! dans les plis légers du sable
Le tendre groupe projeté
D'un rosier blanc et d'un érable !
Le cœur languit de volupté ;
On croit qu'on sourit, mais on pleure.
Le désir est illimité...
— O belle heure d'été, belle heure
Brisée en deux par les parfums,
Plaintive, ardente, et qui demeure
Un arceau de miel rose et brun,
Que dois-je faire de l'ivresse
Qui m'exalte au delà de moi?
O belle heure qui nous caresse
Par les fleurs du plus chaud des mois,
Entraîne mon corps qui défaille

Vers quelque douce véranda
Que protège un store de paille,
Vert comme un nouveau réséda,
Que là je trouve un enfant tendre,
Un ami triste comme moi,
Auprès de qui j'irai m'étendre
Et jeter mon divin émoi ;
Et les bras mêlés sur la table
Où luira le traînant soleil,
Dans un sanglot inexplicable
Nous aurons un plaisir pareil...

## L'OCCIDENT

Le ciel est un flottant azur, jour sans pareil !
L'air d'or semble la tiède haleine du soleil,
On respire, sur tout l'éclatant paysage,
Une odeur de plaisir, de départ : ô voyage,
O divine aventure, appel des cieux lointains !
Presser des soirs plus beaux, baiser d'autres matins,
Se jeter, les yeux pleins d'espoirs, l'âme enflammée,
Dans le train bouillonnant de vapeur, de fumée,
Et qui, dans un parfum de goudron, d'huile et d'eau,
Rampe, et pourtant s'élève aux cieux comme un oiseau !
Un arbre est près de moi ; les ombres du feuillage
Se balancent, et font un noir et mol grillage
Sur mes bras engourdis, sur ma bouche et mes yeux ;
C'est un harem mouvant, léger, délicieux !
Je suis, rayée ainsi par l'ombre du platane,
Une captive, ardente et languide sultane.
Mais de si doux loisirs n'apaisent pas le sang :
Partir ! prendre le train qui siffle en bondissant !

Voir les jardins d'Eyoub où le soleil triture,
Les roses dont il fait sa pourpre nourriture ;
Vivre dans un fantasque et large vêtement
Où le parfum des soirs se glisse mollement ;
Goûter le maïs chaud qu'on mange sur la grappe,
La pastèque écorchée, aqueuse, d'où s'échappe
Une fraîcheur pareille aux brises de la mer !
Se reposer au fond d'un kiosque blanc et vert,
Dont les fenêtres ont la forme de losanges,
Derrière ces murs, frais comme un sorbet d'oranges,
Entendre, dans la cour plus morne qu'un tombeau,
Retomber le palmier liquide du jet d'eau !
Boire, au creux des bols bleus cerclés de filigrane,
Le café, noir comme un pétale qui se fane...
Contempler le Koran, vieux livre jaune et brun
Dont les signes sont un nuage de parfum,
Qui, dans son reliquaire, orné comme des portes,
Semble un coffret divin empli de roses mortes !
Lorsque le soir descend, visiter les sultans
Couchés, morts, sous un drap plus vert que le printemps,
Savourer des gâteaux de miel tiède, où s'attache
Le noyau dur, pointu, luisant de la pistache ;
Regarder l'horizon, Yildiz, Buyukdéré...
— Et puis, soudain, brûlant, fougueux, désespéré,
N'ayant jamais trouvé l'ivresse qui pénètre,
Le bonheur dont on meurt et dont on va renaître,
Le suffocant plaisir, abeille dont le dard
Est enduit d'un sirop de mangues et de nard,
La volupté sans fin, sans bord, qui nous étouffe

Sous ses roses tombant par grappes et par touffe,
Partir, fuir, s'évader de ce lourd paradis,
Écarter les vapeurs, les parfums engourdis,
Les bleuâtres minuits, les musiques aiguës
Qui glissent sous la peau leurs mortelles ciguës,
Et rentrer dans sa ville, un soir tiède et charmant
Où l'azur vit, reluit, respire au firmament ;
Voir la Seine couler contre sa noble rive,
Dire à Paris : « Je viens, je te reprends, j'arrive ! »
Voir aux deux bords d'un pont, cabrés comme le feu,
Les chevaux d'or ailés qui mordent le ciel bleu,
Voir trembler dans l'éther les palais et les dômes,
Sentir, en contemplant la colonne Vendôme
Qui lance vers les dieux son jet puissant et dur,
Que l'orgueil fait un geste aussi haut que l'azur !
Attirer dans ses bras, sur le cœur qui s'entr'ouvre,
Le prolongement noir et glorieux du Louvre,
Et pleurer de plaisir, d'ardeur, tendre ses mains
A la ville du rêve et de l'effort humains,
Goûter, les yeux fermés, comme on goûte une pêche,
L'odeur du peuplier, du sorbier ; l'ombre fraîche
Qui dort paisiblement comme l'eau sous un pont,
Sous le feuillage étroit des vernis du Japon !
Toucher, quand la chaleur aux cieux s'est attardée,
Le fusain, le cytise et l'arbre de Judée
Soupirant chaque soir au jardin court et clos
Qui s'avance, sur le trottoir, comme un îlot ;
Et, bénissant cet air de douceur et de gloire,
Se sentant envahi par la suprême Histoire,

Par la voix des héros, et par la volupté
Montant à tout instant de toute la cité,
Repousser l'Orient, qui jamais ne nous livre
Le secret de vouloir, de jouir et de vivre,
Couronner de tilleul, d'orge, de pampre ardent
Le fécond, le joyeux, le vivace Occident,
Et noyer dans vos flots nos languissants malaises,
Longs étés épandus sur les routes françaises !...

## PAYSAGE DU HAINAUT

Le soleil crible la nature,
Mais aucun de ses brusques doigts
Ne perce la verte toiture...
L'été passe au-dessus des bois.

Sous les feuilles de la pervenche
Et des fraisiers aux vifs arceaux
La brise, jeune, fraîche, blanche
Circule comme un gai ruisseau.

Un océan d'air qui voyage
Penche tout à coup la forêt
Qui, faisant un bruit de tangage,
Délivre son parfum secret.

Toujours foulée ou dérangée,
La limace d'un sentier mol
Luit comme une tuile orangée,
Comme un coin de sol espagnol;

Un sapin lourd de sombre gloire
A ses branchages occupés
Par la soyeuse balançoire
De l'araignée aux bras crispés.

Sur la montée et la descente
Du résineux et brun coteau
Où court la brise éblouissante,
Quel parfum de goudron et d'eau!

— Et je vois, sous les vertes voûtes,
Flamber le rougeâtre écureuil,
Tandis que tombent goute à goutte
Les graines rondes du tilleul...

## LE JOUR

Voici l'aube glissant sur les stores d'osier,
Voici l'aurore et ses millions de rosiers ;
Le Temps chaque matin a sa douceur première,
Et moi je vous respire et vous bois, ô Lumière !

Vous qui, force du jour, orgueil du matin bleu,
Faites gonfler mon cœur et reluire mes yeux,
Je vous contemple avec cette douleur subite
De Phèdre, désirant la bouche d'Hippolyte !

Je suis une fenêtre ouverte où vous entrez ;
La rose, le vallon, la colline, le pré,
Sont, à votre douceur éternelle et naissante,
Moins que moi dévoués, Lumière adolescente !

Lumière, n'est-ce pas qu'Antigone, en mourant,
Regrettait moins l'amour que votre doux torrent?
Et moi, je suis, comme une fleur, d'ardeur percée ;
— Ah ! voyez comme j'ai la tête renversée...

# UN BOSQUET D'ORANGERS

Un bosquet d'orangers sur le bord de la mer !
On croit qu'on se souvient du parfum tendre, amer
Qui vient de la divine et blanche fleur de cire ;
Mais si soudain l'on voit, l'on goûte, l'on respire
Cette déraisonnable, infatigable fleur
Qui, du fond de sa frêle et timide pâleur,
Répand la plus parfaite odeur qui soit au monde,
Le cœur se meurt d'extase et d'ivresse profonde !
Ainsi, des bords de l'Oise au cœur de l'Archipel,
Au travers des brouillards, des soleils et du sel,
Depuis les premiers jours du temps et de l'histoire,
Elle emplit l'univers d'une odorante gloire !
Parfum, dont l'étendue a des élans soudains,
Il n'est pas de domaine aimable, de jardins,
En Hollande aussi bien qu'en la douce Étrurie
Qui, pour l'amour de vous n'aient son orangerie !
Des bergers soupiraient sous ce feuillage obscur,
Ténèbres dont le dôme a des fentes d'azur ;

L'orange ensoleillait de sa face luisante
Les matins de Claros et de l'Ile de Zante,
Et voici qu'aujourd'hui, bénissant le printemps,
Ce débordant parfum se répand et s'étend
Sur le globe qu'embrase un si nombreux arome !
La nue est une alcôve ardente, le fantôme
De Vénus chancelante est sur les vents pâmé,
Tout désire, tout aime et tout veut être aimé.
— Et comme la mer bleue a ses chaudes laitances
Qui la font langoureuse, inerte, molle et dense,
Les flots de l'air divin sont comblés, sont chargés
De l'amoureuse odeur des puissants orangers...

# LA DOUCEUR DU MATIN

Ni l'eau ni les regards n'ont ta pâleur divine,
    Beau ciel d'avant midi,
Où l'oiseau délicat élève, étend, incline
    Son doux corps attiédi.

Tu sembles un jardin de pervenches voilées
    A leur premier matin,
Comblant l'aérienne et luisante vallée
    De leur rêve enfantin.

Les arbres, aujourd'hui, sous le soleil d'onze heures
    Brillent comme des prés.
On voit luire au vitrail des heureuses demeures
    Leurs songes azurés.

Tout un vif mouvement mène la Terre ronde,
    Les lumineux coteaux
Sont des vagues d'argent qui veulent sur le monde
    Jeter leurs belles eaux.

Toute la Terre court, étourdie, amoureuse,
Vers un charmant bonheur,
Et les abeilles sont des cloches vaporeuses
Où sonne un tendre cœur ;

Tout s'élance, tout rit, tout chancelle, tout bouge,
C'est un vertige épars;
Comme vous oscillez, petite rose rouge,
Sur votre vert rempart !

— Ah ! puisqu'un clair élan joyeux vous précipite
Dans l'espace argenté,
Laissez, tendre univers, que mon amour abrite
Votre écumeux été!

Enroulez-vous à moi, belle petite allée
Avec du sable doux,
Nouez-vous à mes bras, verdure crêpelée,
Montez sur mes genoux,

Suspendez à mes mains, à mon cœur, à ma bouche,
Le beau persil léger,
Le neuf myosotis d'un bleu rude et farouche,
L'odeur de l'oranger.

Guirlandes des rosiers, des vignes et du lierre
Vrilles, festons, Été !
Soyez un vert ruban qui m'attache et me serre,
Pressante volupté,

Et que d'un tel baiser qui s'appuie et s'allonge
        Il naisse tout à coup
Ce bonheur ébloui que l'on éprouve en songe,
        Si candide et si doux...

## LA PRIÈRE DEVANT LE SOLEIL

Ma joie est un jardin dont vous êtes la rose,
Énorme soleil d'or, flamme en corolle éclose,
Héros, d'ardents regards et de flèches armé,
Soleil, mille soleils en vous seul enfermés !
Immobile splendeur dont la face tournoie
A force de plaisir, de rayons et de joie !...
Archange au seuil du jour, Soleil essentiel
Dont les rayons glissants, comme des fils de miel
Pendent dans les jardins et se tissent au lierre ;
O Soleil bourdonnant, cymbale de lumière,
Fanfare étincelante, élan de flûtes d'or,
Laissez que les deux bras levés, en quel essor !
Je vous répète un chant, infini, monotone...
Peut-être qu'autrefois Sophocle et Antigone
Vous ont d'un même amour impétueux servi ;
Mais depuis, dans le temps indolent où je vis,
A l'époque d'orgueil amer où je suis née,
Au travers de la molle et pliante journée,

6

Nul ne vous a d'un geste ardent et sibyllin
Entouré de ses bras, gerbe de blé divin !...
Moi seule, en vous voyant, je prie et je chancelle.
Il semble qu'en mon cœur un aigle ouvre ses ailes,
Et qu'en roses l'été fait éclore mon sang,
Quand vous apparaissez, beau Soleil jaillissant !
— O masque d'or par où l'éternité regarde,
Quand mon trop doux plaisir au bord de vous s'attarde
J'ai quelquefois souffert d'indicibles tourments,
D'ailleurs je ne veux pas qu'on vous aime autrement
Que d'un âpre vertige et d'une ivresse telle
Que, la sentant si vive, on la sente mortelle...
O Lumière ! ô science ! ô source ! ô vérité !
Rien, hors vous, n'est pareil de ce qui a été ;
La face juvénile et chantante du monde
N'a plus sa même grâce au miroir vert de l'onde,
Les forêts d'autrefois jettent d'autres rameaux,
D'autres vaisseaux s'en vont et passent sur les eaux,
La secrète montagne a sa robe défaite,
Des trains sourds ont ému les routes inquiètes,
Des villes sans douceur baignent leur flanc amer
Dans le regard vivant et sacré de la mer.
— Mais vous, attendrissant, inlassable, fidèle,
Vous êtes demeuré le même au-dessus d'elle !
Vous, assis dans l'espace où nul oiseau n'atteint,
Vous brillez comme aux cieux de Jupiter latin ;
Vous êtes comme au temps où dans la belle Athènes
La coupe de sagesse et de joie était pleine ;
Comme au jour où dansait l'enfant Septentrion

Dans Antibes, plus rouge et jaune qu'un brugnon ;
Vous êtes comme aux jours des étés de Touraine
Qu'enivrait la pléiade éclatante et sereine,
Comme au jour où les Grecs, au bord d'un sable clair,
Voyaient luire et fleurir Marseille de la mer...
Azur, Soleil, azur, ébloui de soi-même !...
Soleil, geste de joie et d'ivresse qui sème
Des grains de seigle d'or aux clairs horizons bleus,
Ah ! Soleil ! que je sois belle devant vos yeux !...
— Voyez comme ma main dans l'air suave passe
Afin de caresser vos rayons dans l'espace ;
Je sais que je mourrai, que rien ne peut rester
De ce qui fut si vif sur le monde enchanté,
Que tout va se brisant de mémoire en mémoire ;
Satisfaisant pour moi ma détresse de gloire,
Je veux, pour toute douce et vaine éternité,
Avoir été le cœur d'où ce cri est monté !...

Que je meure n'est rien, mais faut-il qu'elle meure,
Elle, la Terre heureuse et grave, la demeure
Des humaines ardeurs, des travaux et des jeux !
Tant de fois caressée et rose de vos vœux,
Elle, si tendre, si dansante et si profonde,
Faut-il qu'elle s'épuise, ô la belle du monde !
Faut-il qu'elle, si chaude et si fraîche au matin,
Porte des fleuves secs et des volcans éteints,
Et que, morte, elle soit d'une blancheur de craie,
Elle qui respirait des roses dans la haie !...
— Elle, Vous, Soleil, Terre, ineffable douceur !

Soleil, vous la verrez, votre émouvante sœur
Qui ce matin dans l'or de vos baisers se pâme,
Lassée et froide ainsi que la lune sans âme,
Les veines et le cœur lugubrement ouverts...
O fragile ! ô penchant ! ô petit univers !
Que toute chose soit mouvante, périssable,
Que les tombeaux aussi soient mortels, que le sable
Soit fait de la victoire éteinte des jours grecs,
Que le néant, inerte et froid, soit fait avec
Les bras de Desdémone et les soupirs d'Hélène...
Savoir qu'un jour la Terre, aride et sans haleine,
N'aura plus d'eau, plus d'air, plus d'ombre et de chaleur.
Nul homme pour pleurer sur l'homme, nulle ardeur
Par quoi l'esprit était plus beau que les étoiles,
Nulle mer, nul vaisseau glissant avec ses voiles
Et passant lentement sur le ciel triste et doux...
— Et nous ! avoir été tous amoureux de vous
Avoir chanté, avoir aimé plus que les autres ;
Avoir été le tendre et véhément apôtre
De la ferveur, de la pitié, de la beauté,
Et que le temple soit brisé de tous côtés !...
Que ma cendre n'ait plus même la Terre ronde
Quand ma mélancolie est grande comme un monde

— Et pourtant, je le sens, vive et lasse de pleurs,
J'ai vécu si profonde et si haute en douleurs,
J'ai, dans les soirs pensifs, sous les blanches étoiles,
Des bords de mon esprit écarté tant de voiles,
J'ai fait de mes deux bras, dans l'aube et dans le soir,

Des gestes d'un si vif et si doux désespoir,
Que dans l'éther divin où monte toute image
Mes désirs se feront un éternel passage !...
— Il n'est point ici-bas d'effroi naissant ou vieil
Où ma tendresse n'ait porté son doux soleil.
J'ai vécu, habitant le secret de ma vie,
Chancelante et debout au bord de toute envie.
Avant qu'au mol néant tout amour soit diffus
Des hommes viendront boire aux sources que je fus ;
Ceux qui, cherchant des bois d'incessante verdure,
Se presseront au goût que j'eus de la nature,
Resteront parfumés d'égile et de cerfeuil ;
Et ceux qui toucheront à ce que j'ai d'orgueil
Sentiront leur front las se dorer comme un dôme.
Ceux qui, dans les soirs clairs, évoquant mon fantôme
Qu'un éternel regret de vivre fait languir,
Afin d'unir aux miens leur peine et leur désir
Baisseront vers mon front leur main triste et lassée,
Pleureront, non sur eux, mais sur moi, plus blessée...
— Nul cœur humain jamais n'eut autant de frissons ;
Mon rêve est un si vif et si ardent buisson,
Que, si j'ouvre mes bras où la tendresse abonde,
Il tombe malgré moi de l'amour sur le monde !...
Amoureuse du vrai, du limpide et du beau,
J'ai tenu contre moi si serré le flambeau,
Que le feu merveilleux ayant pris à mon âme,
J'ai vécu, exaltée et mourante de flammes...

— Pourtant, Soleil, ayant oublié tout cela,

Tout ce qu'au beau plaisir la science mêla,
Je reviens devant vous, ignorante, priante,
Soleil des verts tilleuls, Soleil de l'amarante !
Soleil de la fougère et des reines-des-prés,
De la bardane d'or et des mûriers pourprés,
Soleil des clairs cailloux où pleuvent des pétales,
Soleil du romarin, soleil de la cigale !
— Soleil de l'aube rose au bord du Pont-Euxin,
Soleil d'Ino tenant Bacchus contre son sein,
Soleil du vieux cadran des petits presbytères,
Soleil de tout amour et de toute la terre !...
— Ah ! que vous vouliez bien, vous, dieu vivant, venir
Entre les volets blancs que ma main vient d'ouvrir ;
Que vous veniez, buveur des belles sources bleues,
Vers moi, brisant l'azur, franchissant tant de lieues !...
— Vous, porteur du réveil, de l'orgueil, de l'espoir,
Votre face n'est pas plus grande qu'un miroir
Où je regarderai ce matin mon visage,
Et pourtant, une telle éblouissante rage
De rayons, de plaisir, s'anime autour de vous,
Que je défaille, étant, pour mieux vous voir, debout...
— N'est-ce pas, vous savez à quel point je vous aime,
Tout mon désir nombreux et lumineux essaime
Vers l'espace où mon rêve et vous tremblez tous deux.
Laissez qu'à vos cheveux je mêle mes cheveux.
Voici qu'à l'aube douce où vous venez de naître,
Toute avide de vous je suis à ma fenêtre,
Ma joie est aussi claire, aussi chaude que vous,
Quelque chose est en moi qui vous aime à genoux.

— Fronton d'or, dont mes bras sont les vivants pilastres,
Vous êtes comme un cœur, mon cœur est comme un astre,
Si bien que je crois voir, dans le matin vermeil,
Luire et se saluer l'un et l'autre Soleil...

# LA NAISSANCE DU PRINTEMPS.

Un oiseau chante, l'air humide
Tressaille d'un fécond bonheur,
Un secret puissant et languide
Traîne sa vapeur, sa moiteur.

Ah ! sur toute la douce Europe
Voici que s'éveille et s'étend
— Parfum d'ambre et d'héliotrope, —
Le romanesque du printemps !

Dans le dur branchage circule
La sève tendre aux tons d'azur ;
L'eau semble en fleur ; la renoncule
Scintille comme un ruisseau pur.

Les oiseaux jettent l'étincelle
De leur acide, frêle voix,
Partout monte, gonfle, ruisselle
Le parfum ingénu des bois.

La terre noire se déchire
Et la primevère apparaît ;
Ainsi dans mon âme s'étire
Une fine et neuve forêt.

Printemps qui luttes et qui rêves,
Dieu favori de l'Univers
Tu prends mon cœur et le soulèves
Jusqu'au faîte des arbres verts !

Tu portes mon cœur sur les branches,
Tu le joins aux gluants bourgeons,
Tu le mets sous les ailes blanches
Des bruyants, des flottants pigeons.

Tu m'emplis d'une extase sainte
Plus fraîche et vive que l'amour,
Et je suis la jeune jacinthe
Éblouie au lever du jour !

## CHANT DIONYSIEN

C'est un brusque, un brûlant, un éclatant émoi !
Je porte l'univers et ses bonheurs en moi.
Tout ce qui dans la vie amoureuse nous tente,
Les soirs d'Aranjuez, les matins d'Alicante,
Carthagène enfiévré d'un ciel toujours égal,
Un chemin de rosiers dans le vieux Portugal,
Les îles, où l'on voit à la fenêtre ouverte
Pendre l'âpre orchidée et la vanille verte,
Étourdissent mes yeux et mettent dans mon cœur
Leur flamme, leurs soupirs, leur force et leur odeur...

Mais le jour est plus large et plus divin encore,
Je regarde, l'été s'élance, c'est l'aurore !
Le soleil dans les cieux éparpille son blé,
Les coteaux semblent faits d'azur amoncelé,
La terre est une ardente et joyeuse bacchante ;
Sur le sol rose et brun, la feuille de l'acanthe
Étend la pureté de son dessin vivant.

Le parfum pour monter prend les ailes du vent,
La guêpe fait pencher le bord blanc des corolles,
L'air enlace à mon cou ses douces banderoles,
L'univers s'abandonne et veut être porté
Par les bras azurés et tendres de l'été...
Ah ! quelle immense joie en cet instant m'enivre.
Vivre ! chanter la gloire et le plaisir de vivre !
— Et puisqu'on n'entend plus, ô mon Bacchus voilé,
Frissonner ton sanglot et ton désir ailé,
Puisqu'au moment luisant des chaudes promenades
On ne voit plus jouer les bruyantes Ménades,
Puisque nul cœur païen ne dit suffisamment
La splendeur des flots bleus pressés au firmament,
Puisqu'il semble que l'âpre et l'énervante lyre
Ait cessé sa folie, ait cessé son délire,
Puisque dans les forêts jamais ne se répand
L'appel rauque, touffu, farouche du dieu Pan,
Ah ! qu'il monte de moi, dans le matin unique,
Ce cri brûlant, joyeux, épouvanté, hardi,
Plus fort que le plaisir, plus fort que la musique,
Et qu'un instant l'espace en demeure étourdi...

## LES DÉLICES ORIENTALES

L'été, par les blanches persiennes,
Se glisse comme un bras doré
Qui nous attire au bord sacré
Des belles terres anciennes !

Ah ! venez écouter le chant
Du rossignol sur l'églantine,
Dans un jardin de paix divine.
Près de Kasbin ou de Kashan,

Où, sous l'ineffable lumière,
Le corps éperdu, défaillant,
Offre aux dieux bleus de l'Orient
Le désir comme une prière !

Venez dans les palais d'été
Ombragés du bois noir des arbres,
Où l'eau s'endort, contre les marbres,
Du sommeil de la volupté !

O palais calmes comme un vase,
Parois, plafonds coloriés,
Frais salons de parfums rayés,
Où l'âme crie et meurt d'extase...

— Jamais je ne supporterais
Cet accomplissement du rêve :
La nuit persane qui se lève
Sur les jets d'eaux et les cyprès,

Cependant que dans l'ombre aphone,
Les caravanes à pas lents
S'en vont sommeillant, ondulant,
Vers Hamadân, dans la nuit jaune,

Ni les matins dans les vergers
Où la sultane Zobéide
Entr'ouvrait sa bouche limpide
Et fumait sous des orangers...

Que repoussant du pied le monde,
J'aille au jardin d'ambre et de miel
Qui tente le cœur sensuel :
Un cimetière au bord de l'onde !

Ah ! dans ces parterres de fleurs,
Qu'il dorme au milieu des colombes,
Des lis, des fontaines, des tombes,
Mon cœur séduit par les douceurs ;

Qu'il se dissolve, qu'il repose
Près du basilic, des anis,
Avec Hafîz et Féghâni
Dans le néant pétri de roses.

Que le nuage printanier
Lui verse une pluie abondante
Jusqu'à ce que de l'ombre ardente
Jaillisse un suave prunier.

Je souffre et demain sera pire.
Bonheur épuisant, oppressant,
Angoisse de l'âme et du sang...
Tuez-moi, pour que je respire !

Terre, tapis au beau dessin,
Accueillez cette âme enflammée.
— La plaine, pâle et parfumée.
Luit comme un sirop de raisin...

# L'AMBITION

*« Car je t'aime, ô éternité ! »*

La journée est vivante, errante, un ciel uni
Semble un flot argenté glissant vers l'infini.
Là-bas, c'est la colline heureuse, la prairie,
Ici le beau jardin ! Douce géométrie
Des rangs de résédas baignant dans cet azur !
Tout l'univers, bombé, harmonieux et pur,
— Globe candide et doux que les soleils allument —
Est comme un éclatant oiseau gonflé de plumes
Dont on voudrait lisser le corps délicieux...
Caresser de la main la pelouse et les cieux !
Sentir, sous la tiédeur amoureuse des paumes,
Palpiter l'azur clair et ses veines d'aromes :
Sang rouge des rosiers, sang bleu des fleurs de lin,
Sucre du lis, pollen mouillé du romarin,
Des blancs bégonias, et de la balsamine...
Être si peu de jours sur la terre divine,
Être soumis au temps, à la destruction,
Et qu'il y ait parfois tant de perfection

Dans un jardin d'été que le soleil embrase !
Que ce soit la splendeur, l'enchantement, l'extase,
Qu'enivré, qu'exalté, l'on se sente éternel,
Que le charme du jour et du moment soit tel
Que l'on ne puisse plus prévoir la fin des choses,
Et pourtant, déjà tout s'éteint, déjà les roses
Au soleil de juillet s'entr'ouvrent pour mourir...
Et nous, nous qui voulions tout goûter, tout saisir ;
Nous qui voulions poser, image ineffaçable,
Comme un delta divin notre main sur le sable ;
Nous qui voulons, penchés à des balcons chantants,
Être Yseult, Roméo pendant plus de cent ans,
Qui voulons, ô Venise en ta nuit sans égale
Être l'ardent concert et le feu de Bengale,
Nous qui portons au fond du cœur, au creux des mains,
Les émouvants soleils des sentiments humains,
Nous qui n'avons jamais assez connu la joie
Nous serons le mort noir que l'ombre immense noie,
Nous dormirons les yeux bandés, le front obscur...
L'azur ! avoir aimé si saintement l'azur
Que nos désirs, cherchant leur brûlante compagne
S'inclinaient vers l'Afrique en s'enivrant d'Espagne,
Et mourir, en laissant à d'autres des étés ;
Je voudrais épuiser sur moi l'éternité...

Ainsi nous serons morts, dans l'ombre et le mystère,
Nous qui savions si bien la beauté de la terre,
Nous dont les chauds regards sur le monde posés
Étaient comme des mains et comme des baisers.

Nous dont le cœur plus lourd qu'un florissant empire
Avait bien aimé Dante et bien compris Shakspeare,
Nous qui, dans la splendeur glorieuse du soir,
Ne pouvant assigner de terme à notre espoir,
A notre ambition joyeuse, âpre, rapide,
A la foule des dieux qu'en nos cœurs nous créons,
Menions notre désir et notre envie avides
Dans le cercle sonore et bleu des Invalides
Jusqu'à ce puits de gloire où dort Napoléon !...

## PRIÈRE DU MATIN

Le jour luit. Je ne crois qu'à mes dieux immortels
        Qu'aucun effort n'arrête.
Mon âme est faite avec les sables et le sel
        Des rives de la Crète.

Je ne crois qu'à Cybèle, à Minerve, à Junon,
        Ce sont mes bonnes fées,
Je les vois, dans un soir léger du Parthénon,
        D'un soleil d'or coiffées.

Je crois au jeune Pan, à la nymphe qui mord
        Le printemps sur la rose,
Je crois aux voluptés et je crois à la mort
        Qui finit toute chose.

Quand je mourrai, je veux qu'avec un soin pieux
        On mette dans ma bouche
L'obole qu'il nous faut pour aborder les dieux
        Sur la rive farouche.

Et puis je dormirai, d'un sommeil las, soumis,
    Dans l'insondable abîme ;
Je verrai près de moi mes dieux grecs endormis,
    Effacés et sublimes.

Mais mon cœur n'ira pas s'isolant tout entier :
    Je ne mourrai pas toute,
Je sais que sous le ciel ma vivante amitié
    Continuera sa route.

— Je vous ai tant aimés, parfums, tiède clarté
    De la moelleuse aurore,
Parterres fleurissants et sucrés de l'été,
    Vague blanche et sonore,

Un tel élan ne peut être arrêté tout court,
    C'est l'extase animée,
Ma tendresse pour vous dépassera mes jours
    Et ma bouche fermée...

# CE MATIN DE JUIN

Ce matin de juin est candide, charmant
Comme une fleur qui naît et comme un pépiement.
Tout est plus jeune encor que l'enfance ; la nue
A des oiseaux brodés sur sa robe ingénue.
Les feuillages, pareils à d'étroites forêts,
Déroulent sur l'azur leurs légers copeaux frais.
L'air a le goût d'une eau dormant dans une pêche.
Le soleil tourne, joue et décoche sa flèche
Aux cerises qui sont de petits cœurs aimants.
Que de parfums groupés sur les chemins cléments !
Des branchages si lourds tombe une ombre légère,
Le sol semble abrité d'un chapeau de bergère ;
Le lait divin et bleu du bel azur nourrit
Tout l'univers naïf qui tressaille et qui rit.
Le ciel luit comme un flot limpide dans une anse.
C'est le bonheur, la paix, la jeune jouissance...
Ah ! se peut-il qu'un jour si vivant et si beau
Chancelle tout à coup et descende au tombeau ?

## LES PLAISIRS PAIENS

Je rêve d'un couvent ombragé d'un cédrat,
    Petite villa chaude et peinte,
Sur le bord azuré des mers de Marmara,
    Ou dans le golfe de Corinthe;

Un couvent langoureux, bourdonnant, délicat,
    Clair comme une aubépine frêle,
Où dans l'aube on peut voir passer Nausicaa,
    Baisant sa blanche tourterelle.

L'anémone, le thym, la menthe, le lis brun
    Fleurissant les mauves collines,
Abaisseront sur nous leur amoureux parfum,
    A l'heure où la brise s'incline.

Comme un insecte ardent dirige vers l'azur
    Ses fines et chaudes antennes,
Nos mains jointes iront bénir dans le ciel pur
    Les dieux qui règnent sur Athènes.

Une cloche d'or vif chaque soir sonnera
        Pour la prière d'Aphrodite,
Et des pâtres viendront nous presser dans leurs bras,
        Sous les bosquets de clématites.


Les cellules auront, sur leurs murs blancs, égaux,
        Pareils à de la neige neuve,
Des faïences de Perse, où l'œillet indigo
        A des bourgeons bleus comme un fleuve.


Je vivrai là, tenant entre mes doigts distraits,
        Un chapelet lourd de lumière,
Formé de petits fruits, humides, ronds et frais,
        Cueillis dans l'aube printanière.


Je rêverai au temps de triomphe et d'ardeur,
        Lorsque Sophocle à Salamine,
Souhaitait de presser en hâte sur son cœur
        Un cœur que l'amour illumine.


Il était jeune, beau, plein de ravissement,
        Il s'en allait à la victoire,
Je l'aurais rencontré dans le matin charmant
        Lorsque l'abeille aux fleurs vient boire.


O plaisir de quitter soudain un doux repos,
        Quand déjà la flotte tressaille,
Et de sentir frémir un bondissant héros,
        A la veille de la bataille !

Plaisir de sangloter d'ardeur, de volupté,
    Avant le combat, sous la tente,
Et de voir, en secret, sur le globe irrité,
    Sourire Vénus consentante.

Ivresse de céder au bonheur sensuel,
    Insondable et tremblant abîme,
Quand, déjà, ivre d'air, d'azur, de vent, de sel,
    Déchaînée, errante, sublime,

La guerrière déesse a répandu sur nous
    Sa sombre et joyeuse présence,
Et qu'un divin destin mêle son gai courroux
    A la plaintive complaisance...

# EN FACE DE L'ESPAGNE

Le soleil resplendit sur les jardins séchés.
Les premiers dahlias que l'averse a penchés
Accotent au mur blanc leurs vertes, longues tiges.
Les souffles de la mer emmêlent leurs vertiges,
Et le vent, faune bleu, violente en chemin
Des jeunes femmes, qui se voilent de la main...
Dans la douceur traînante et tiède du soir basque,
Je vois luire là-bas l'Espagne âpre et fantasque,
Qu'un éclatant rayon brusquement colora.
— Que ne puis-je, allongeant vers l'horizon le bras,
Toucher le sol brûlant et ses rouges grenades.
Beauté d'un pays d'or ! fiévreuses promenades
Sous un ciel sans pâleur, sans ombre, sans oiseau,
Dans les vallons jaunis et secs du Toboso !
Comme j'entends déjà l'irritante cadence
De l'Espagne farouche et tintante, qui danse,
De l'Espagne, qui joint sur son mol vêtement
Les flammes de l'orange au rouge du piment ;

Qu'une immense folie appelle, courbe, entraine,
Au bord tumultueux et bruyant de l'arène
Où, sanglant troubadour, perfide et clair héros,
Un vif adolescent aiguillonne un taureau...
— Provinces de Tolède et de l'Andalousie,
D'où vous vient cette ardente et sourde frénésie ?
Quel trouble ! Quel désir amoureux et dément !
Pasiphaé qui veut le sang de son amant,
Et qui, voyant périr la force qu'elle adore,
Ivre d'un sang vaincu mais si puissant encore,
Dans un même frisson de désir et d'horreur
Unit la jouissance à la divine peur...

Mais je suis là ; mon cœur m'étourdit et me pèse,
Je suis là dans la douce atmosphère française,
Le paysage basque est paisible et sourit ;
Un nuage se forme et pend sur Guéthary.
Je pense à vous, Rodrigue ! à vous, sainte Thérèse !
Et tandis que le soir, comblé de frais parfums,
Mêle d'ombre et d'argent le sable rose et brun,
J'entends derrière l'âpre et petite montagne
Où les doux tamaris sont rangés un par un,
Le sifflement d'un train qui s'en va vers Irun...
— Quel désir j'ai de vous ce soir, divine Espagne !

# LE FAUNE

Le monde nous prend trop de sang
      Et trop de peine,
Le cœur est toujours languissant
      Ou hors d'haleine.

Je veux connaître un bonheur mol
      Et monotone,
A l'ombre du cloître espagnol
      De Tarragone,

Cloître où le jardin est si fou
      Qu'on le compare
A Palma, le point le plus doux
      Des Baléares...

Je ne veux, dans ce cloître heureux
      Sous la verdure,
Que les saints les plus amoureux
      De la Nature.

Ils viendront près du gazon ras
    Aux promenades,
Saint Satyr et Sainte Sarah,
    Saint Alcibiade,

Sainte Olive qui dut aimer
    A la folie
Les petits arbres enfermés
    En Italie...

Mais goûte-t-on sous de tels cieux
    Des plaisirs calmes,
Au bercement délicieux
    Des tièdes palmes?

Ce couvent où le rosier tend
    Son arabesque,
Semble un harem où l'on attend
    L'amant mauresque,

Les ogives d'un blanc de chaux
    Semblent des portes,
Par où le Faune des jours chauds,
    Aux jambes tortes,

Entre, en pressant les sept roseaux
    De l'âpre flûte,
Dont la stridence au fond des os
    Se répercute.

— Cher Faune, allez-vous-en d'ici,
    Êtes-vous ivre
De venir déranger ainsi
    La paix de vivre?...

Mais il répond : « Dans ces jardins,
    Clairs comme un vase,
Je prépare vos jeux divins
    Et votre extase,

« Les bienheureuses au cœur pur
    Seraient inertes
Si je ne dardais dans l'azur
    Mes flèches vertes;

« Elles ne lèvent vers leur dieu
    Des mains blessées,
Que si mon chant mélodieux
    Les a percées ;

« Elles n'élancent vers le ciel
    Leurs insomnies,
Que quand ma lèvre de son miel
    Les a munies.

« C'est une même volupté
    Molle, profonde,
Qui pendant les jours de l'été
    Mène le monde,

« Partout où l'on voit s'émouvoir
       Un cœur sensible,
C'est que ma flèche et mon pouvoir
       L'ont pris pour cible.

« Ce sont des nymphes aux yeux clairs
       Et des faunesses,
Qui dans les cloîtres blancs et verts
       Meurent d'ivresse;

« C'est moi qui fais vivre et briller
       Le feu des cierges,
Moi qui mets des roses aux pieds
       Des saintes vierges,

« Moi qui dis d'un ton ingénu :
       « Mes brebis paissent »
Moi qui suis le berger cornu
       Qui les caresse,

« C'est moi Pâques, moi la clarté,
       Moi le mystère ;
C'est moi qui suis, en vérité,
       Toute la terre... »

## SILENCE EN ÉTÉ

Silence ; le soleil est pris dans le volet,
Et reste là, comme une abeille qui volait,
Et qu'un lis blanc retient dans sa forte étamine.
Silence, on n'entend pas que le temps vif chemine.
C'est un répit si clair, si sûr, si persistant
Que l'on croit être, enfin, et pour toujours content,
Et l'on sommeille, et l'air est jaune comme l'ambre.
O silence, couleur de soleil dans la chambre !
Silence : horloge molle, au son faible, enchanté,
Qui marques les instants du bonheur, en été...

## LA BEAUTÉ DU PRINTEMPS

Ainsi, quand j'aurai dit combien je vous adore,
Combien je vous désire et combien je t'attends,
Ivresse de l'année, ineffable Printemps,
Tu seras plus limpide et plus luisant encore
Que mon rêve volant, éclatant et chantant !

Les délicats sureaux et la pervenche blanche
Me surprendront ainsi que des yeux inconnus,
Les lilas me seront plus vivants et plus nus,
Le rosier plus empli du parfum qu'il épanche,
Et le gazon plus droit, plus lisse et plus ténu ;

La juvénile odeur, aiguë, acide, frêle
Des feuillages naissants, tout en vert taffetas,
Sera plus évidente à mon vif odorat,
Que n'est aux dents le goût de la fraise nouvelle,
Que n'est le poids charmant des bouquets dans les bras.

Devant un si fécond et si profond spectacle,
Je resterai les doigts disjoints, le cœur épars,
Sentant que le bonheur me vient de toute part,
Que chaque grain de terre a fait le doux miracle
D'être un peu de pistil, de corolle et de nard.

— Ainsi, même en t'aimant autant que je vous aime
Même en ayant, depuis son enfance, voulu
D'un chant délicieux, secret, puissant, goulu,
Consacrer ta douceur et ta grâce suprême,
On ne peut exprimer combien tu nous as plu !

On ne peut pas avoir d'assez vive mémoire,
O mon cher mois de mai, que vous ne nous disiez
« Je suis encor plus beau ! Voyez mes cerisiers,
Voyez mes verts îlots qui flottent sur la Loire,
Entendez les oiseaux de mon brûlant gosier ! »

Et je le vois, un clair, un frais, un chaud vertige
Fait plier le branchage et ses bourgeons naïfs ;
Une vapeur d'extase émane des massifs,
On sent irradier de la plus humble tige
Quelque parfum hardi, insistant, incisif...

Puisque mes mots chargés de pollens et d'aromes,
Puisque mes chants toujours troublés jusques aux pleurs
O mon Printemps divin, n'auront pas le bonheur
De pouvoir égaler la saveur de tes baumes,
Je m'arrête et soupire au milieu de tes fleurs.

Je te dédie alors ma cinquième année,
Le temps où mes chapeaux ombrageaient mes genoux,
Où mon front était haut comme les lilas doux,
Où mes jeux s'endormaient sur ton herbe fanée,
Où mon cœur infini battait à petits coups.

Le temps où pressentant ce que serait ma vie,
J'honorais ma tristesse et ma frêle beauté,
Et, les deux bras croisés sur ma robe d'été,
J'écoutais, effrayée, amoureuse et ravie,
Le bruit que fait l'immense et vague Volupté...

## JOURNÉE ORIENTALE

Lumineux ouragan de l'ardente saison !
Il semble que l'été fonce dans ma maison.
Par tous les clairs carreaux le beau soleil se hâte.
Il s'élance, il accourt, c'est une molle pâte
De miel, de cédrat d'or, de sucre oriental ;
C'est un étourdissant nuage de santal...
— O bleu soleil épars que tout l'espace incline,
Entre, glisse, bondis, coule sans discipline
Dans mes bras entr'ouverts comme un temple, descends
Sur mes genoux baignés de lotus et d'encens,
Dans mon âme éblouie, odorante, laquée...
Entre, mon cher soleil, dans ta blanche mosquée !

## UNE ILE

Quelquefois, quand le jour me cause trop de peine,
Je tourne mes regards vers une île lointaine,
Jardin géant, si haut, si puissant et si pur,
Qu'il semble être un ciel vert sous l'autre ciel d'azur...
Que de brûlants parfums baigneraient mon visage !
Je ne pèserais pas à ce grand paysage,
J'étreindrais les palmiers et je vivrais contre eux
Comme une gomme d'or collée aux troncs rugueux.
A midi, quand le feu du soleil nous assaille,
Je me reposerais dans ma maison de paille ;
Sous des stores tressés par de charmants vanniers,
J'écouterais chanter les oiseaux prisonniers.
La nuit, jetant enfin l'éventail et les voiles,
Je boirais la fraîcheur de toutes les étoiles,
Et puis, sortant alors à pas lents et secrets,
Pour ne pas réveiller le chien, les perroquets,
Dans le vêtement bleu que portait Virginie,
J'irais dans la campagne assoupie, infinie,

Et je verrais, — lueur, rayons, aromes mous,
Éclat par qui le cœur soudain s'élance et prie
Et croit mourir d'un choc si puissant et si doux, —
L'aurore se lever sur la Vanillerie !

## TORPEUR D'ÉTÉ

Été ! sommeil, silence et doux bourdonnement!
Dans la chambre aux murs clairs, par le store charmant
Le soleil, abondant et large, entre et dévie.
Instants où la vie est plus douce que la vie !

Où le cœur ne sait plus ce qu'il veut, ce qu'il doit,
Où l'on ne peut tenir son âme entre ses doigts,
Pas plus que l'ombre étroite, en sa faible fumée,
Ne peut garder l'Aurore amoureuse enfermée...

— Les ailes de Juillet palpitent au plafond,
Des danses de soleil se font et se défont
Sur les murs, sur les gais rideaux verts en cretonne,
Toute la chambre luit, et le parquet rayonne.

Près du divan, où l'air est tiède et replié,
La fleur que l'on a prise au beau magnolier,
Avec un fort parfum de pomme et de verveines
Épuise lentement le sucre de ses veines.

Hélas ! pourrez-vous bien durer pour nous toujours,
Parfaits enchantements des étés doux et lourds,
Supplice du bonheur et des extases lentes,
Supplice d'être inerte et chaud comme des plantes,

Supplice de trop d'âme et de trop de clarté,
Été, luxurieux et langoureux été,
Qui cachez votre plus alanguissante flèche
Dans cette odeur des nuits, soudain calmes et fraîches...

# MATIN LYRIQUE

O fraîche et vive promenade !
L'azur est parfumé de thym ;
J'écoute dans l'air, ce matin,
Monter un chant de l'Iliade !
— Désse qui prends par la main
Les guerriers aux belles chlamydes,
Soutiens aussi mes pas timides
Qui tremblent sur le vert chemin.
Déjà tu t'éveilles, tu bouges ;
Ah ! donne-moi le plus joyeux
De tes héros impétueux,
Le Péléide aux lèvres rouges !
Fais bondir vers mon clair regard,
Par la route jaune et salée
Qui longe la vague gonflée,
Un jeune conducteur de char,
Luisant de soleil, de buée,
N'ayant que les dieux pour rivaux,
Et pressant de cris ses chevaux
Amassés comme des nuées !...

## LEVER DU SOLEIL

La nuit, sur les coteaux, fait place au jour sacré.
Douceur de voir les cieux, bonheur de respirer,
De baiser au-dessus des champs de seigle et d'orge
Le vent rapide et clair que boit le rouge-gorge !
Comme un agneau couché dans le thym ruisselant,
Mon plaisir se revêt du matin vert et blanc.
Et voici que soudain sur une basse branche
Le soleil vacillant se repose et se penche ;
Il palpite, il se gonfle, il se contracte, il vit...
Soleil impétueux et doux, soleil ravi
Qui tout à l'heure allez enivrer tout l'espace,
Je tends vers vous mes bras heureux, je vous embrasse !
Vous bondissez, je suis ; d'un pas toujours pareil,
Je m'élance avec vous dans l'azur, cher soleil ;
Vous montez sur le mur, vous dépassez le cèdre,
Je vous suis ; comme Pan lumineux, comme Phèdre
Mon être est composé de vos divins rayons...
O flambeau fraternel, sublime compagnon,

Quelle plus douce voix dans l'éther vous appelle ?
La mienne n'a donc pas assez d'amour en elle ?
Hélas ! vous me fuyez, vous jetez dans les cieux
Votre émouvant visage ardent, délicieux ;
Et moi, je vais rester attachée à la terre,
Sans vous, triste, oppressée, errante, solitaire...
Toujours vous désirer sans pouvoir vous saisir,
Soleil, charmant soleil, ah ! laissez-moi mourir !...

# LE JARDIN-QUI-SÉDUIT-LE-CŒUR

Je l'ai lu dans un livre odorant, tendre et triste,
    Dont je sors pleine de langueur,
Et maintenant je sais qu'on le voit, qu'il existe,
    Le Jardin-qui-séduit-le-cœur !

Il s'étend vers Chirâz, au bas de la montagne
    Qui porte le nom de Sâdi.
Mon âme, se peut-il que mon corps t'accompagne
    Et vole vers ce paradis?

Là, des adolescents qu'un bel azur contente
    Passent leurs lumineux instants,
Et mangent du cerfeuil trempé dans l'eau courante,
    Quand la neige fond au printemps.

L'éperdu rossignol, d'avril jusqu'en septembre,
    Exerce un flexible gosier;
La tulipe fleurit, l'air a l'odeur de l'ambre, .
    La brise évente le rosier.

Au-dessus des cyprès, dans l'été violâtre
    Qui flambe, halette, se tord,
La ville de métal, de faïence et de plâtre
    A l'éclat du camphre et de l'or.

Le dôme est un fruit bleu ; des arches qui se croisent
    Font des ponts lumineux et hauts,
Mosaïque d'émail, diadème en turquoises
    Jeté sur le sommeil des eaux.

Dans les fraîches maisons soigneusement repose,
    — Flacons de jade, lourds et plats, —
Le vin de Carménie aux senteurs de la rose,
    Qu'on scelle avec du taffetas.

Le matin, dans la rue où s'éveille la joie,
    S'ouvrent, tintants, brillants et beaux,
Le Magasin du vin, des cafés, de la soie,
    Et le Magasin des flambeaux.

Ah ! rencontrer Sâdi, Hafiz et l'astronome,
    Dans leurs robes de tissu vert,
Quand leur barbe d'azur, que parfume la gomme,
    Luit comme un éventail ouvert ;

Les suivre, quand ils vont d'un pas noble et qui rêve,
    Brûlants, mystiques tour à tour,
S'étendre dans les champs gonflés d'onde et de sève,
    Près des paons enivrés d'amour.

Les voir quand leur tendresse est si vive et si forte
  Que, Leila frappant à son toit,
Hafiz lui demandait : « Qui frappe de la sorte ? »
  Et Leila répondait : « C'est toi... »

Hélas ! il est fini, le temps divin et tendre
  Des parcs éclairés d'un lampion,
De la fable ingénue et si douce à comprendre
  De la tortue et du scorpion ;

Le temps où le beau fleuve amenait sur les sables
  Des vaisseaux lourds comme un été,
Où Bagdad s'appelait « Lieu des vertus aimables »
  Et « Séjour de l'urbanité ».

Dans la paix du Koran et des métamorphoses
  Les Perses dorment leur sommeil ;
Il ne reste plus d'eux que la cendre des roses,
  Que la lune et que le soleil.

Mais du moins sur la terre, aux plus beaux jours du monde,
  Ils ont bu la douce liqueur
Du désir, des plaisirs, de l'extase profonde,
  Au Jardin-qui-séduit-le-cœur !

## EXTASE

Le ciel est une immense, une subite fête.
Sous ce choc lumineux je renverse la tête,
Et je suis, dans l'azur, un haletant baiser.
Et j'attire, et je bois, et j'ai peur d'épuiser
Tout ce vivant éther qui sur mon cœur se presse,
Car ma joie est sans frein, comme fut la détresse
D'Yseult, ivre d'attente et d'amoureux ennui,
Dont les cris aspiraient son amant dans la nuit...

# LA COURSE DANS L'AZUR

*A mon Enfant.*

Mon fils, tenez-vous à ma robe,
Soyez ardent et diligent :
Déjà le matin luit, le globe
Est beau comme un lingot d'argent !

C'est de désir que ma main tremble,
Venez avec moi dans le vent :
Nous aurons quatre ailes ensemble,
Nous boirons le soleil levant.

Nous aurons l'air d'aller en guerre
Pour le bonheur, pour le plaisir,
Pour conquérir toute la terre
Et son ciel qu'on ne peut saisir.

Qu'importe votre frêle mine,
Et mes pas souvent hésitants,
Si les brises de Salamine
Gonflent nos vêtements flottants !

Je serai la Victoire blanche
Tendue au vent d'un coteau grec :
Le vent nous irrite et nous penche,
Mais on marche plus vite avec.

Retenez-vous à mon écharpe ;
Vous êtes mon fils : il faut bien
Que vos cheveux, comme une harpe,
Jettent un chant éolien !

Vous avez dormi dans mon âme :
Il faut que votre être vermeil
S'élance, s'émeuve, se pâme ;
Combattez avec le soleil !

L'air frappera votre visage ;
Avancez, joyeux, furieux,
L'important n'est pas d'être sage,
C'est d'aller au devant des Dieux.

Comme on voit, sur un vase étrusque,
La danseuse et le faune enfant,
Nous poserons, d'un geste brusque,
Sur le monde un pied triomphant.

Je ne sais pas où je vous mène ;
Je vous mène où sont les héros :
C'est un vaste et chantant domaine
Le plus terrible et le plus haut.

Que votre main sur votre bouche
Presse tout ce qui brûle et luit ;
L'univers me semblait farouche,
Je fus amoureuse de lui !.

Que m'importe votre doux âge !
On est fort avant d'être grand ;
Je suis née avec mon courage ;
Soyez un petit aigle errant.

Ah ! que pendant toute ma vie
Je puisse voir à mes côtés
Lutter votre âme ivre, ravie,
Vos bras, vos genoux exaltés !

Et, le jour où je serai morte,
Vous direz à ceux qui croiront
Que j'ai poussé la sombre porte
Qui mène à l'empire âpre et rond :

« Je l'ai laissée au bord du monde,
Où l'espace est si bleu, si pur.
Elle semblait vive et profonde
Et voulait caresser l'azur,

» Je n'ai pas eu le temps de dire :
« Que faites-vous?... » Le front vermeil,
Je l'ai vue errer et sourire
Et s'enfoncer dans le soleil... »

## LA DEMEURE EN JUILLET...

La demeure en juillet, pendant l'après-midi
A l'ombre des volets la chambre s'acclimate ;
Le silence est heureux, calme, doux, attiédi,
Pareil au lait qui dort dans une fraîche jatte,
La pendule de bois fait un bruit lent, hardi,
Semblable à quelque chat qui pousse avec sa patte
Les instants, dont l'un chante et l'autre est assourdi.
Le soleil va et vient dans l'ombre délicate,
Tout est tendre, paisible, encouragé, charmant,
On dirait que la joie auprès de nous habite ;
Pourtant l'on ne se sent aucun attachement...
Pourquoi n'est-ce jamais dans ces instants qu'on quitte
La vie, avec son grand espace de tourment?

9

# L'ÉBLOUISSANT ORAGE

Ah ! je ne savais pas ce que c'était ! C'était
La lente oppression qui précède l'orage,
J'appuyais mes deux mains sur mon cœur; j'écoutais
Frémir en moi la peur, la soif, la triste rage,

Je me levais, j'allais, les doigts en éventail,
Un sang rapide et chaud étourdissait ma tête ;
Et voici que j'entends sur le toit, le vitrail,
Bondir le vent divin et la fraîche tempête !

Le feuillage se tord, un arbre prend son vol,
La rose lutte et meurt, la feuille est rebroussée,
Le tonnerre éloigné roule un bruit sourd et mol,
C'est partout une odeur de foudre et de rosée.

Les oiseaux effrayés veulent se réunir,
Déjà des gouttes d'eau mouillent leurs tièdes ailes,
De chaque coin du ciel on voit l'ombre accourir,
Les arbres sont jetés l'un sur l'autre, et se mêlent.

Tout semble dévasté par l'ouragan brutal ;
C'est fini, l'ordre clair et chaud de la journée.
Ah ! qu'importe, je sais pourquoi j'avais si mal
Pourquoi mon âme était si chaude, si fanée,

Je sais pourquoi j'étais comme une enfant qui meurt,
Pourquoi j'étais comme une ardente fiancée,
Comme une rose avec trop d'âme et trop d'odeur ;
Maintenant cette angoisse infinie est passée.

C'était vous, bel orage, et non le dur amour
Qui cette fois serrait mes veines dans ma gorge,
Ce qui brûlait mon cœur si fragile et si lourd
C'était vos bleus enfers et c'était votre forge.

Et voici maintenant, orage délié,
Que votre eau lumineuse, éparse et vive coule,
Passez autour de moi ces chaînes ces colliers,
Ce liquide métal qui scintille et qui roule !

Frappez-moi, flots d'argent, ruisseaux venus du ciel !
Frappez l'acacia, le sapin, la nuée ;
Traversez l'univers, étendez votre miel,
Posez votre moelleuse et traînante buée.

Grains d'argent, grains luisants, semailles de fraîcheur,
Enveloppez le monde, ô mes sources obliques !
Pénétrez chaque point de terre, et chaque fleur,
Répandez votre immense et tintante musique ;

L'aubépine s'égoutte, un pin est dépité,
Le buis charmant et dru comme un toit vert ruiselle,
Voici tout en lambeaux la robe de l'été,
Orage ! que ta grâce est puissante et cruelle.

Mais moi qui t'espérais en craignant de mourir,
Je ne me plaindrai pas de ce luisant désastre,
Que le baiser soit long après un tel désir,
Fais bondir sur mon cœur tous tes liquides astres !

Beauté des gouttes d'eau qui ravissent les yeux,
Étoiles de la pluie, ô petites abeilles !
Pépins d'argent, avec un goût délicieux,
Raisins d'azur glissant sur de mouvantes treilles,

Eau plus belle que l'air et que le firmament,
Clair de lune liquide, éparse chevelure,
Symbole du divin et doux apaisement,
Guérison de la soif et de toute brûlure,

C'est vous que je préfère, et vous que je choisis
Parmi tous les joyaux de l'univers qui chante.
Orage ! crépitez sur mon cœur cramoisi :
Tu vois comme l'éclat de ta force m'enchante,

Je te bois sur mes doigts, et d'un râle fiévreux
Je te reçois en moi, dans mon cœur qui défaille,
Comme on boit un sorbet fondu, sucré, mielleux,
Au travers d'une douce et lumineuse paille...

## LA LUMIÈRE DES JOURS

Divine lumière des jours
Par qui l'espace est tendre et jaune,
Qui sous les limpides contours
Glissez un sang de jeune faune,

Chaque matin mon cœur joyeux
S'ouvre devant vous comme un temple,
Ce sont les lèvres et les yeux
C'est tout le corps qui vous contemple !

Sur les bords humides et doux
De la Seine où mon pas s'égare,
Mes désirs déroulent pour vous
Les belles danses de Mégare !

Chaud soleil des rivages grecs,
C'est toi, qui brûlant, hors d'haleine,
Poursuivais dans les myrtes secs
Pâris fuyant avec Hélène ;

Chaque matin tu bondissais
Du sein de la mer amoureuse ;
C'était ta flèche qui perçait
Vénus au lit de l'onde creuse ;

La nuit, l'Hellade sans sommeil
Souffrait jusqu'à ce que tu viennes,
Et l'on voyait à ton réveil
Rire les îles Ioniennes !

O beauté des matins fameux,
Quand, mêlant leur force profonde,
L'azur faisait les marbres bleus
Et le marbre argentait le monde !

Tu rencontrais, royal soleil,
Pour la douce cérémonie
De ton lever vert et vermeil,
L'empressement d'Iphigénie.

Adolescent aux cheveux roux,
Ivre du bonheur que tu donnes,
C'est toi le véritable époux,
Soleil d'Ismène et d'Antigone !

Ah ! que je puisse, sous les cieux,
Dans l'air où se baignent mes lèvres,
T'élever un temple joyeux
Au flanc des collines de Sèvres !

Comme un lis offre son odeur,
Comme un figuier porte sa figue,
Je te présenterai mon cœur
Sans jamais sentir ma fatigue ;

Je prendrai, dans ma main qui luit,
Les heures, si belles chacune ;
Je me reposerai la nuit,
Quand vient la pâle et morne lune :

Tant que ta face brillera,
Je serai debout, éblouie,
Amoureuse par l'odorat,
Par le regard et par l'ouïe.

Une montagne en diamant,
Les glaciers, la neige épandue
Ne boiraient pas plus âprement
Ta douce lumière tendue.

Que ne puis-je lutter pour vous
A l'heure où l'ombre vous attaque,
Vous voile et vous perce de coups,
O soleil de l'île d'Ithaque !

Mais quelquefois, divin soleil,
Penchez-vous plus près de ma bouche,
Inclinez votre front vermeil
Que je vous respire et vous touche !

Que quelquefois vous vous plaisiez
A poser sur moi votre tête,
Comme aux branches des cerisiers
Dans les vergers du Taygète.

Enveloppez de votre ardeur
Mes bras exaltés, ivres, tendres,
Qui sont les ailes de mon cœur
Et qui ne peuvent plus attendre ;

Ah! de votre plus chaud rayon
Percez mon âme tout entière,
Et que je sois un papillon
Qui meurt, cloué par la lumière...

## RÊVERIE PERSANE

O Mort, s'il faut qu'un jour ta flèche me transperce,
Si je dois m'endormir entre tes bras pesants,
Laisse-moi m'éveiller dans l'empire de Perse,
Radieuse, éblouie, et n'ayant que quinze ans.

Alors, je connaîtrai, moi qui rêvais tant d'elle,
Ispahan, feu d'azur, fruit d'or, charme des yeux !
Les jardins de Chirâz et la tombe immortelle
Où Sâdi refleurit en pétales joyeux.

Les bras levés, le cœur divinement sensible,
Je percevrai, dans l'air si limpide, si mol,
O musique d'amour frémissante et visible,
Les soupirs de la rose et du chaud rossignol !

Au travers des pavots, des lis, de la verdure,
Je verrai s'avancer, curieux, familiers,
De beaux garçons persans en bonnets de fourrure,
Aux profils aussi ronds que des jeunes béliers.

Ils me diront avec des gestes et des poses,
Des accents étonnés et des regards d'enfants :
« C'est vous, sœur de nos cœurs, vous, l'amante des roses,
Le souffle du matin et des soirs étouffants !

« Venez, nous vous ferons reine de Trébizonde,
Princesse de l'aurore et des nuits sans sommeil,
Les royaumes détruits se lèveront de l'onde
Au milieu d'un parterre odorant et vermeil.

« Petite fille avec des âmes anciennes,
Amoureuse des dieux et du monde enflammé,
Vous direz chaque soir vos prières païennes
Dans la mosquée ardente où dort sainte Fatmé.

« A l'heure du couchant, quand vos forces déclinent,
Nous déplierons pour vous un merveilleux tapis,
Où l'on voit s'enfoncer sous des arcs d'églantines
Des lions langoureux et des cerfs assoupis.

« Vous boirez lentement d'enivrantes tisanes
Au creux d'un bol d'émail orné de bleus vergers,
Et l'énervant plaisir des musiques persanes
Fera briller votre âme et vos yeux allongés.

« Sur les portes d'argent, la lune au doux visage
Luira comme une enfant qui baise son miroir,
Et tous les rossignols éveillés dans leur cage
Aux roses de ton cœur diront leur désespoir... »

Alors, dans leur charmant palais de porcelaine
Je suivrai, confiante, heureuse, le cœur pur,
Ces beaux petits garçons dont le bonnet de laine .
Est comme un noir hiver sous un immense azur.

Je verrai scintiller, dans la nuit sans égale,
Sur ce terrain d'amour aux rosiers si clément,
La rose du Calife et celle du Bengale,
Et mes tendres rosiers des soirs du lac Léman.

Un paon bien nonchalant, bien dédaigneux, bien grave,
Passant auprès de moi son temps inoccupé,
Enfoncera parfois dans les roses suaves
Son petit front étroit de beau serpent huppé.

Et pensive, j'aurai la paix douce et narquoise
Des dames que l'on voit ouvrir un si bel œil
Sur une vieille boîte en pâte de turquoise
Qui parfume et verdit comme un divin tilleul...

## L'AURORE

Je vous ai regardé ce matin, soleil jaune,
Si longtemps que mon cœur en fut tout aveuglé,
Vous étiez un enfant debout sur mille trônes,
Petit soleil, avec vos couronnes de blé !

Sur un pin d'Italie, entre deux branches vertes,
Votre visage d'or luisait, ivre et divin,
Et moi je vous disais, tenant mes mains ouvertes :
Est-ce vous, mon amour, qui venez sur ce pin ?

Vous, prince de l'espace, essence de tout être,
Vous venez dans cet arbre, auprès de ma maison,
Vous buvez le cristal étroit de ma fenêtre,
Bouche de la Nature, haleine des Saisons !

Et je puis regarder ta douce forme en face,
Je puis dire : Voici tes lèvres et tes yeux,
Voici le front charmant qu'un laurier rose enlace,
Amant de Danaé ! Visage de mes dieux !

— Comment es-tu venu si près de ma demeure,
O petit Jupiter jouant dans l'air d'azur ?
Ne pâlis pas ainsi, j'ai peur que tu ne meures
D'écraser tes luisants rayons blancs sur le mur !

Tu vois, tout le jardin est une chaude arène,
Soleil, petit taureau, augmente tes transports,
Ne crains pas d'effrayer et de blesser ta reine,
Et dans mon pourpre cœur entre tes cornes d'or !

Soleil moelleux et dru qui brille, brille, brille,
Soleil vert et d'argent, soleil bleu, soleil brun,
Pâmoison enfermée en l'ardente résille,
O rose, défaillant de son propre parfum,

C'est ma prière unique et ma foi naturelle
De plier mes genoux orgueilleux sur tes pas,
De n'avoir jamais vu ta face qui ruisselle
Sans qu'un sourire immense en mon cœur s'allumât.

Ah ! qu'on nous laisse seuls, que ma ferveur t'attire,
Que je puisse mêler mes doigts à ton éclat,
Que je presse sur moi, objet de mon délire,
Les parfums enflammés de tes jardins lilas !

Je te dirai : Voici, c'est vous, c'est moi, je t'aime,
Je ne souhaite rien que de rester ainsi,
Je te vois, je te sais, notre ardeur est la même,
Je n'habite que l'air splendide, et vous aussi.

C'est pour vous que j'écris, c'est pour vous que je rêve,
Rien ne m'est suffisant qui n'est pas votre égal,
Je ne veux rien que toi ; que ma course s'achève
Enchaînée à ton char, Apollon matinal !

Que j'abandonne tout, que je quitte la terre,
Que je ne sache plus où je vais, d'où je vins,
Et que mon cœur qui fut royal et solitaire
Soit un des sabots d'or de tes chevaux divins...

# LES PRÊTRESSES DES PANATHÉNÉES

*(Au Musée du Louvre.)*

Je vous vois aujourd'hui pour la première fois,
    Et levant mes mains étonnées,
Je vous adore avec mon extase et ma voix,
    Prêtresses des Panathénées !

O sublime candeur, vous passez lentement ;
    Votre robe où mes yeux s'abreuvent,
Ruisselle, coule, luit, — divin allongement —
    Comme les rayons et les fleuves !

Vos membres effilés, votre frêle épaisseur
    Semblent la surface des sources ;
Immobiles, pourtant vous glissez, ô douceur,
    Comme le soleil fait sa course.

Vos bras abandonnés et votre main qui pend,
    Suivent les plis de vos tuniques,
O roseaux enflammés, ô flûte du dieu Pan,
    O mystérieuses musiques !

Vous êtes moins des corps que des ruisseaux de miel,
    Que des gerbes de seigle tendre,
Que des jasmins dorés, que des pentes du ciel
    Où la lumière vient s'étendre.


Ni la Vierge Marie, assise auprès d'un lis
    Et jouant avec de doux gestes,
Ni le rire enfantin et grave de son fils,
    N'ont votre pureté céleste.


Dans le triste Musée où pâlissent vos jours,
    Promeneuses du ciel attique,
Regrettez-vous les secs et limpides contours
    Des collines et du Portique?


Songez-vous aux bergers assis au bord de l'eau,
    Au potier près d'un toit qui fume,
A la brebis laineuse allaitant un agneau,
    A la mer, fileuse d'écume...


Vous ne reverrez pas votre coteau natal;
    Jamais un peuple au son des flûtes
Ne vous ramènera, cortège triomphal,
    Sur la noble terre où vous fûtes.


Ah! du moins, demeurez chez les Francs aux beaux yeux,
    Près de la Seine sinueuse,
Où la clarté de l'air, où la douceur des cieux
    Rappellent votre rive heureuse.

Demeurez, nymphes d'or, perles des jours sacrés,
    O filles du chantant Homère !
Flottez sur la cité, rayonnez sur les prés,
    Reposez-vous sous la fougère.

Ah ! que j'aille tresser une corbeille d'or,
    Et que pour vous l'offrir j'y mette
Les roses de Délos, les figues de Luxor,
    Les serpolets du mont Hymette !

D'autres prêtres, courbés auprès de lourds autels
    Illuminés comme un théâtre,
Brûlent devant des dieux moins que vous immortels
    Votre encens laiteux et bleuâtre.

— Mais vous, claire Pallas, ô porteuse de lin,
    O noblesse de la nature,
Aurore aux lèvres d'or, ruissellement divin,
    Vous êtes l'Idole future !

# ÉTÉ

Vents bleus ! sourires de l'espace !
Au fond des cieux polis et durs
L'azur, l'azur poursuit l'azur,
Un flot léger sur l'autre passe...

Ah ! quelle suave stupeur !
Chaleur éclatante, sonore.
— Entends-tu, dans la grande aurore,
Ce bruissement du bonheur ?

Quel brûlant orgueil me soulève !
L'univers, le sublime été,
Ont-ils dormi dans mon côté
Comme Adam portait le corps d'Ève ?

Azur divin ! Jour créateur !
O Jupiter, ton aile insigne
S'ébat près de moi, mon beau cygne !
Un monde coule de mon cœur...

## ORGUEIL EN ÉTÉ

Cette belle fin de journée
Entre en moi comme un hymne d'or,
Je ne crains plus même la mort,
Il me suffit que je sois née !

Un fervent orgueil tout à coup
Gonfle de tendresse mes veines ;
Une existence n'est pas vaine
Quand le cœur est si haut, si doux !

L'arbre qui sent croître ses branches
Doit goûter ce ravissement,
Lorsqu'il voit le beau firmament
Plus près de ses floraisons blanches.

Mon cœur ce soir est un azur
Où l'humain triomphe s'élance ;
Je porte en moi toute ma chance
Comme un flambeau puissant et pur.

Et voici qu'en mon rêve éclate
O Désir ! ton chant écarlate.
Quel est mon souhait? mon espoir?
La gloire entre mes bras se pâme.
Être un rossignol qu'on acclame !
— Ah! dans l'air doux quel encensoir, —
Tous les héros passent ce soir
Sous la porte d'or de mon âme...

# NUIT VOLUPTUEUSE

Le Plaisir bondissait dans le jour d'ambre et d'or.
Voici la douce nuit plus complaisante encor ;
Son voile est odorant, ses parois sont moelleuses,
L'insecte va jaillir des herbes populeuses.
Le ciel est descendu, l'air est rapetissé,
Les bruits qui ne sont pas de l'amour ont cessé ;
Tout s'accoste, tout court, se rejoint et s'enlace.
O voyage secret des choses dans l'espace !
Nuit fraîche de l'été ! Les oiseaux dans les airs
S'attirent d'un soupir plus vif que les éclairs ;
Le désir est lui-même une aile, une fusée
Qui s'est partout levée et s'est partout posée ;
Les effluves, les cris et les scintillements
Dans l'ombre langoureuse annoncent les amants.
Les larges papillons, à qui leurs couleurs pèsent,
Sur le sol libre et doux s'affaissent et se baisent.
Un train roule, orageux ; ses sifflements soudains
Engouffrent des plaisirs brûlants dans les jardins.
Les lilas par l'odeur mêlent leurs tièdes moelles,
Et les phares des nuits répondent aux étoiles...

## LA NOSTALGIE

Vous êtes maintenant le meilleur de ma vie,
       O mes jours qui passez ;
Vous êtes ma jeunesse et ma chère folie,
       Vous êtes si pressés !

Lorsque je vais, jouant entre toutes les choses,
       Chaque moment me dit :
« Voici que je te laisse un peu moins de ta rose
       Et de ton paradis. »

Ah ! que déjà s'effeuille entre mes deux mains ivres
       Le rosier rose et blanc !
Que déjà midi soit proche ! — Pouvoir revivre
       Ses premiers jours si lents.

— Avoir quinze ans, rêver dans l'herbe haute et chaude
       Où le soleil s'ébat,
Sans se lever pour voir si le bel Amour rôde,
       Si l'on entend ses pas.

Savoir que l'on aura, pour posséder le monde,
        Tous les autres étés,
Et goûter cette joie insensible et profonde
        D'être sans volupté.


Savoir que c'est demain et non pas ce soir même
        Que tout sera si beau ;
Ne pouvoir distinguer, tant l'azur est suprême,
        Les pierres du tombeau.


Croire qu'on ne peut pas épuiser sa jeunesse,
        Rire sur les chemins,
S'arrêter pour peser l'infini et l'ivresse,
        Baiser ses propres mains...


Mais maintenant nos cœurs ne peuvent plus attendre,
        Leur force pâlira ;
Le moment le plus beau, le plus vif, le plus tendre,
        Il est entre nos bras.


Je regarde le soir qui gagne le platane ;
        O bel été du soir,
Combien de fois avant que le bonheur se fane
        Viendrai-je ici m'asseoir ?


Je pense à vous, passé, loisirs, douces années,
        Main faible qui jouait,
Imagination qui fût tant étonnée,
        Et pleine de souhaits.

— Ah ! par ces nuits d'été, dans l'Orient immense,
Être un cœur qui s'éveille, une âme qui commence !
Être encore une enfant, qui rêve, espère, attend
Dans un petit jardin de l'antique Ispahan...

## TUMULTE DANS L'AURORE

Le ciel est bleu, le sol est bleu, la forêt fume.
Les villages, encore endormis dans la brume
Et par tant de vapeurs du réel séparés,
Semblent les songes blancs des coteaux azurés...
Peu à peu le matin s'éveille et se précise,
On reconnaît le buis, le laurier, la cerise.
Le feuillage léger d'un hêtre immense et pur
Est tissé fil à fil sur le sublime azur,
Et luit comme un détail accompli dans l'espace...
— Le soleil, brusquement, inonde la terrasse.
Le plaisir des oiseaux est si puissant dans l'air
Que leur vol sec et noir fait un sillage clair.
Un jaune papillon vient pomper des corolles :
C'est un peu de chaleur avec deux ailes molles.
L'air du matin, trop frais, n'a pas encor d'odeur,
Il n'est que mouvement, envolement, candeur ;
Mais ce qui rebondit sur cet air jeune et libre,
Ce qui vient m'envahir, me presser fibre à fibre,

C'est une fraîche, immense, énergique gaîté,
Olympien élan des matins de l'été !
Courants bleus de la brise ouvrant toutes ses ailes
Gestes de bon espoir et de bonnes nouvelles !
Ce vent robuste, empli de vives actions,
A la fougue des flots, des navigations ;
Il s'élance, il circule, et la terre est baignée
D'allégresse et d'amour. Dans la gare éloignée
Des trains désordonnés, emmêlés, vifs, bruyants,
S'appellent, et s'en vont au sud, à l'orient.
Ils s'en vont, bondissants, soulevés, noirs archanges,
Vers les pays du musc, du cèdre, des oranges,
Enroulant à leur soc les chemins dépliés,
Emportant la montagne, arrachant les piliers,
Desséchant les étangs et jetant dans l'espace
Le village béni auprès duquel ils passent...
Et soudain tout mon être est à leur poids lié.
— Ah ! comme vous frappez, peuplez, multipliez
Nos désirs éperdus, notre mélancolie,
Trains emplis de souhaits, d'angoisse et de folie !
Ah ! comme vous scandez les battements du cœur
Avec une infernale et rapide vigueur,
Marteau, crépitement, enclume, forge errante !
— Les trains noirs font surgir une ville odorante,
Une grève où la mer jette son tendre flux,
Rien qu'en passant fougueux entre les deux talus
Où leur tumulte ardent s'ébat, s'enfonce, éclate !
Les membres éployés, le regard écarlate,
Ils vont, actifs, brûlants, précis, illimités,

Taureaux paissant les champs infinis des étés.
Ils sont la forme basse et dure de l'orage ;
Et la Lune divine, au pudique visage,
Rêveuse, indifférente à ce qui vit en bas,
Sultane regardant au bord de la Kasbah,
Soudain, comme une ardente et langoureuse almée,
Vient danser au sommet de leur longue fumée...
Tout vit, tout est ému par ces guerriers ailés ;
La feuille, le coteau, les ténèbres, les blés,
Le jardin délicat et courbe, avec sa rose,
La maison qui s'endort, le pigeon qui repose,
Enferment chaque jour dans leurs nerfs les plus fins
L'ébranlement causé par ces coureurs divins !
— Et moi, qui, ce matin, goûtais, l'âme enivrée,
Les flottantes lueurs de l'aurore sacrée,
Pour avoir entendu ces longs cris déchirants,
J'ai détourné mes yeux du temps, des arbres francs,
Des massifs ondoyants où les tièdes verveines
Sont d'un tissu soyeux, bleuté comme les veines,
De la nette saison, du limpide travail
Que les abeilles font sur la rose d'émail,
Et dénouant mon âme où trop de rêve abonde,
Je lui dis : Va là-bas, avec les trains du monde !
Va là-bas où t'appelle un dieu noir et charmant,
Si beau parce qu'il fuit, si fort parce qu'il ment,
Car ce train ténébreux qu'un feu sonore anime,
Qui, lorsqu'il est rampant, semble habiter la cime,
Qui nous tente sans cesse et qu'on ne peut saisir,
C'est Satan, ayant pris la forme du Désir...

## LES ILES BIENHEUREUSES

S'éveiller le matin sous le large éventail
      Qu'agite une jeune négresse,
Et voir autour de soi rouler le ciel d'émail
      Comme une bleuâtre caresse.

Vivre étendu, joyeux, entre les frais carreaux
      Et les stores de cotonnade,
Et pour horloge avoir le tintement des eaux
      Qui coulent par fraîches saccades.

Avoir un perroquet, éployant comme un dais
      Ses ailes d'azur et d'orange,
Et contempler au loin les voiliers hollandais
      Partant au royaume d'Orange.

Être l'hôte ébloui, le maître fabuleux,
      De l'or, du parfum, de l'épice,
Se promener et voir errer les homards bleus
      Aux rochers de l'île Maurice ;

S'asseoir près d'un étang et d'un petit talus,
  Contempler le clocher de pierre,
Et lorsque le soir vient, écouter l'angelus
  Avec Bernardin de Saint-Pierre.


Quand la nuit aux rayons d'argent irradiés
  Fait rêver de pirateries,
Dîner sous les gommiers et sous les muscadiers
  Dans un jardin des Canaries.


Et puis soudain, hardi, tenir le gouvernail
  Sur la frégate « La Colombe »
Voir la mer du Bengale et la mer de Corail
  Où le soleil de juillet tombe ;


Visiter une ancienne et rustique maison
  Près du cap de Bonne-Espérance,
Humble demeure où gît la défunte saison
  Du roi Louis quinze de France :


Meubles en bois de rose et d'orme posés là
  Par des voyageurs, dans la case,
Vieux cartel vert et blanc, odeur de falbala,
  Tulipes peintes sur un vase ;


Petit livre fané de Denis Diderot,
  Laissé dans la véranda blanche
Par quelque adolescent en feu, qu'oppressait trop
  La paix torride du dimanche.

Souvenir des aïeux partis d'Angers, de Tours
    Avec monsieur de Bougainville,
Et dont les doux objets, les songes, les amours,
    Dorment là leur somme tranquille.

— Je pense au soir limpide et chaud, au soir d'argent
    Où vint dans l'île de Manille
La nouvelle soudain courant, se propageant,
    De la prise de la Bastille.

Oh ! plaisir d'avoir pu, dans le matin si bon,
    Dépeindre sur son écritoire
Les jardins de Madère ou de l'île Bourbon
    A l'époque du Directoire !

Avoir pu rencontrer, enfant brune à l'œil vif,
    Joséphine qui joue et danse,
Ou bien l'adolescent romanesque et pensif
    Qui rêvait à la reine Hortense.

Iles, beaux paradis, instants de bonheur bleu
    Luisant sur les mers onduleuses,
Je suspens mes désirs à vos flancs nébuleux
    Petites îles bienheureuses...

## GLAUQUE MATIN, CHAOS D'AZUR

Glauque matin, chaos d'azur
Opaque et dense comme un mur !
L'écumeux et mol paysage
Comme une armée au bleu visage,
Comme l'élancement des flots,
Comme des chevaux au galop,
Bondit sur mon regard qu'enivre
Cet effort du jour qui veut vivre !
Je revois le jeune Univers ;
Jouir autant qu'on a souffert !
Quelle ivresse en moi se déploie,
Ce sont mille écharpes de joie !
O tendre espace, ô fraîche odeur,
Clarté laiteuse du bonheur,
Vague d'azur, d'azur suivie...
Que je vous aime, douce Vie !

## LA PROMESSE

Vous qui n'avez pas vu les plus tendres juillets
    Rayonner sur votre jeune âge,
Regardez dans mon cœur : des parterres d'œillets
    Fleurissent près d'un bleu rivage.

Embarquez-vous ce soir sur mes yeux de cristal,
    Glissez au pays de mon âme,
Où les flots du désir triste et sentimental
    Font une chanson qui se pâme.

Vous connaîtrez alors un beau plaisir, sucré
    Comme les angéliques vertes,
Comme la rose en feu qui parfume le pré
    De ses trente feuilles ouvertes,

Alors vous connaîtrez des instants doux et clairs
    Comme des gouttes de miel rose,
Frais comme un paradis de sources, d'herbe et d'air,
    Joyeux comme l'aurore éclose,

Car je possède en moi tous les pays de prix,
Et les azurs de la jeune Oise,
Et le cœur délicat, neigeux, rose et fleuri
Des adolescentes chinoises...

# AZUR

Comme un sublime fruit qu'on a de loin lancé,
La matinée avec son ineffable extase
Sur mon cœur enivré tombe, s'abat, s'écrase,
Et mon plaisir jaillit comme un lac insensé !

— O pulpe lumineuse et moite du ciel tendre,
Espace où mon regard se meurt de volupté,
O gisement sans fin et sans bord de l'été,
Azur qui sur l'azur vient reluire et s'étendre,

Coulez, roulez en moi, détournez dans mon corps
Tout ce qui n'est pas vous, prenez toute la place,
Déjà ce flot d'argent m'étouffe, me terrasse,
Je meurs, venez encor, azur ! venez encor...

## SOLITUDE

Je suis là, sur le balcon sombre,
Tout l'univers nocturne luit ;
Si petite et perdue en lui,
Mon cœur pourtant parfume l'ombre.

Je regarde ce qui était
Avant que je ne fusse née ;
Mon âme inquiète, étonnée,
Contemple et rêve ; tout se tait.

Lune d'argent ! son doux génie
Qui m'émeut tant ne me voit pas,
Nul ne m'entend chanter tout bas,
C'est la solitude infinie.

C'est le large et sombre désert
Sous le réseau des lois immenses,
Le cœur sent rôder la démence,
Le vent du sud glisse dans l'air.

Tout est si noir, la rose est noire,
Noirs les graviers, le mur, le banc,
Les rameaux du cerisier blanc
Et l'eau du puits si douce à boire.

Je suis là, rien n'a de regard
Pour ma vie aimable et sensible,
Le feuillage à peine visible
Est lisse et froid comme un lézard.

Craintive, ardente, solitaire,
Je songe, le cœur amolli,
Aux grands esprits ensevelis
Dans la profondeur de la terre.

O frères morts ! tout est fini
Pour votre espoir, pour votre joie ;
Une ombre insondable vous noie
Sous votre porte de granit.

Aujourd'hui, chantante, vivante,
Je suis aussi seule que vous
Dans cette nuit au parfum doux,
Où l'arbre indolemment s'évente ;

Je suis, dans cette obscurité,
Moins que le saule et que le lierre,
Que les reflets sur la rivière,
Que le chant d'un oiseau d'été.

Vers mon âme où le rêve abonde
Nul cœur ne jette ses liens.
Mais du balcon où je me tiens,
Comme il fait tendre sur le monde !...

## LE PLAISIR DES OISEAUX

O bonheur des oiseaux, leur plaisir à l'aurore !
C'était le calme frais ; gerbe aiguë et sonore,
Leur cri vient tout brouiller dans le paisible azur !
Ils frappent d'un bec noir quelque invisible mur ;
Une confusion que nul conseil n'arrange
Les fait se disputer au milieu des louanges.
Ils s'expliquent dans l'ombre humide des buissons.
Et puis, soudain, laissant leurs futiles chansons,
Étourdis de reflets, de bouquets, de rosée,
De rosée azurée à leurs plumes posée,
Ils volent, ivres d'air, de conquête, d'amour.
Le soleil les séduit comme une jaune tour.
Vers quel but enflammé, vers quelle errante cible
Vont-ils, ainsi lancés par un arc invisible ?
Tous les arbres avec des parfums précieux
Sont leurs tapis moelleux et touffus sous les cieux.
L'odeur que nous goûtons, quand, couchés sur le sable
Nous bénissons les bois d'un regard ineffable,

Cette odeur qui nous fait languir, les bras tendus
Vers quelque ardent bonheur, sanglotant, éperdu,
Cette divine odeur les poursuit, les enlace,
Ils se pâment, roulés ensemble dans l'espace ;
Comme un frais coquillage est percé d'eau de mer,
Leur corps est saturé d'azur, d'arome et d'air.
Quelquefois le zéphir les rafle, les opprime,
Ils traînent, algue en feu, dans cette onde sublime.
Et puis l'oiseau revient, accoste un cerisier,
Roule sur le fruit chaud son front extasié,
Et l'inconstant divin repart. Pendant des lieues,
Il s'élance entre l'arbre et les coupoles bleues,
Il ne voit du dolent et perfide univers
Que le côté d'azur et que le côté vert.
Confondu dans l'espace il est immense et libre.
Quelquefois, quand un jour d'été fermente et vibre,
Quand l'orage s'annonce, il sent contre son cœur
Peser et s'arrondir un ouragan d'odeur,
Et s'irritant il pique, en passant à la nage,
Le sein tendre et fondant du plus jeune feuillage...

## NATURE, VOUS AVEZ FAIT LE MONDE
## POUR MOI

Nature, vous avez fait le monde pour moi,
    Pour mon désespoir et ma joie ;
Le soleil pour qu'il glisse entre mes bras étroits,
    Et l'air bleu pour que je m'y noie !

Vous avez fait l'odeur du lin, du mélilot
    Et de la verveine si bonne,
Pour que mon âme soit comme un riant îlot
    Que l'immense ivresse environne.

Vous avez fait pour moi le sensible oranger,
    Les soirs percés d'étoiles vives,
La feuille courbe où la cigale vient loger,
    Les eaux avec leurs belles rives !

Mais quand je suis, si chaude et tout ivre de moi,
    Debout dans les jardins du monde,
La rose de mon rêve enfonce dans mon doigt
    Son épine la plus profonde :

Savoir qu'un jour ma tiède et légère beauté
    N'aura plus ses rayons qu'on frôle,
Savoir que je n'aurai plus l'âge de l'été,
    Cela fait si mal aux épaules !

Cela blesse le cœur, la langueur, le désir,
    Le sang, plus qu'on ne pourrait croire !
O juvénile ardeur, voluptueux plaisir,
    C'est vous la seule verte gloire.

O animale terre, amoureuse du jour !
    O soleil fier d'un beau visage !
Vous savez que je n'ai d'orgueil, de grave amour,
    Que le doux honneur de mon âge.

Que ferai-je plus tard du délicat dédain
    Qui gonfle mon cou vif que j'aime ?
Vous verrai-je souffrir pendant le bleu matin,
    Mon orgueil plus fort que moi-même ?

Attendrai-je que l'ombre atteigne mes genoux ?
    Que les regrets sur moi s'avancent ?
Il faudrait, quand on est aussi tendre que nous,
    Mourir au cœur des belles chances...

## LA NAISSANCE DU JOUR

Bien avant que la nuit ait achevé son cours
Je suis venue au bord de ce chemin t'attendre,
Visage éblouissant, Soleil cruel et tendre
Qui composes ma vie et présides mes jours !

J'attendais, l'aube vint, dolente, terne encore,
Voilant son doux regard, son front, son sein d'azur,
Préparant calmement, dans le silence pur,
La naissance inquiète et chaste de l'aurore...

Et puis soudain la nue est un brûlant levain.
Comme un cri de héros qui déchire la gorge,
Tu bondis, soleil d'or couleur de miel et d'orge,
Et brilles, effaré, dans l'infini divin !

Je ne me contiens plus dès ta belle arrivée,
Je m'élance et reçois ton éclat dans les yeux,
Je me presse le cœur ; dans les champs radieux

Je vais, serrant sur moi ta flamme retrouvée,
Petite, je me sens un aigle dans les cieux.
Ah ! qu'on est près du temps, de l'espace, des dieux,
Quand on marche en dansant et la tête levée...

## ENCENS

Un jour vient où nul mot n'est assez tendre ou pur
Pour exprimer devant la divine atmosphère
Le plaisir enivré que son ciel vient nous faire,
Qu'il monte de ma bouche une haleine d'azur !
Qu'il monte de mes mains une extase odorante
Pour ces grands cieux d'été, voilés par la chaleur,
Où les arbres, soufflant une verte vapeur,
Dissolvent au soleil leur âme respirante.
Qu'il monte de mes yeux pâmés une oraison
Pour ces petits vergers pleins de douce abondance,
Où le blanc cerisier semble un sylvain qui danse,
Où le gai poulain mord les plis frais du gazon.
Et que ma vie enfin, de joie exténuée,
Soit un parfum brûlant, expansif, éperdu,
Qui fusant de mon sang, de mon regard fondu,
Aille inscrire mon nom sur la sainte nuée !

## VISION DANS LE CRÉPUSCULE

Les très beaux jours d'été, entre cinq et six heures,
L'espace, les jardins, les pensives demeures
S'enveloppent d'un voile aérien, rayé
D'argent, de vert, de mauve et d'or émerveillé.
Et le soleil du soir est si frais sur la rose
Qu'il semble, non du feu, mais de l'eau qui se pose.
Le tendre crépuscule est de l'azur sans fin,
Et c'est comme un matin plus réfléchi, plus fin,
Plus doux, plus près du cœur, plus familier, plus grave,
Où le rêve se baigne, où le regard se lave.
On rôde, on est soudain immobile, on s'assoit,
Ramenant les plaisirs épars autour de soi,
Il semble que l'on ait tout ce que l'on réclame,
Le corps est enivré jusqu'aux veines de l'âme,
On boit l'air sans souci, ne pouvant épuiser
Cet océan d'amour, ce songe, ce baiser.
On entend crépiter les plantes qu'on arrose,
Et rien qu'en regardant le soleil qui repose

Sur la table de fer, sur le gravier laqué,
J'évoque l'Orient, le marbre blanc d'un quai,
Des marchands assoupis dans une apothéose,
L'ombre d'un mimosa sur le sol décalqué,
Et le flottant parfum des conserves de roses,
Du café, du goudron et du saule musqué...

# SOIR EN ÉTÉ

Douceur du Soir, qu'il faut louer par le silence,
Car vous êtes, vous-même, amoureux de langueur,
Nonchalant, dédaigneux comme un paisible cœur,
Las comme une immobile et dormante balance...

Les cieux sont parfumés et les parfums sont bleus,
Tant c'est un long mélange inextricable et tendre
De fleurs, d'azur pâli, d'odeurs, de claire cendre,
D'invisibles baisers profonds et nébuleux.

Je souris aux jardins, dans l'ombre fastueuse.
La foule des parfums encombre les chemins,
J'écarte, je ramène et baise dans mes mains,
Ces enchanteurs divins des chairs voluptueuses.

Mais un cri vient percer tout le silence vert.
Chant d'oiseau sensuel! Comment pourrait-on dire
Quel aigu, quel brisant, quel déchirant délire
Par qui mon cœur, soudain, est comme un fruit ouvert...

# ÉMOTION

Avoir depuis sa douce et lumineuse enfance
Baisé le jour qui meurt et celui qui commence,
Contemplant l'univers, avoir jeté vers lui
Comme une rose, un cœur qui frissonne et qui luit,
N'avoir jamais rien vu sur la divine terre
Qui ne soit une source où l'on se désaltère,
Avoir bondi, avoir joué, avoir pleuré
Dans les matins luisants qui soulèvent les prés,
Avoir tant aimé l'air, la fièvre, la bataille,
Que la bouche au milieu du visage tressaille
Comme un coquelicot qu'étire un vent d'été ;
Être morte d'azur, morte de volupté,
Avoir suivi les pas divins de la musique
Jusqu'aux bornes du rêve et du plaisir physique,
Tendre vers l'infini son désir, sa douleur
Comme une tige où tremble une suprême fleur,
Quelle avide, quelle âpre et chaude destinée.
— Je m'attendris, je pense au jour où je suis née...

# TRAINS EN ÉTÉ

Pendant ce soir inerte et tendre de l'été,
Où la ville, au soir bleu mêlant sa volupté,
Laisse les toits d'argent s'effranger dans l'espace,
J'entends le cri montant et dur des trains qui passent...
— Qu'appellent-ils avec ces cris désespérés ?
Sont-ce les bois dormants, l'étang, les jeunes prés,
Les jardins où l'on voit les petites barrières
Plier au poids des lis et des roses trémières ?
Est-ce la route immense et blanche de juillet
Que le brûlant soleil frappe à coups de maillet ;
Sont-ce les vérandas dont ce dur soleil crève
Le vitrage ébloui comme un regard qui rêve ?
— O trains noirs qui roulez en terrassant le temps,
Quel est donc l'émouvant bonheur qui vous attend ?
Quelle inimaginable et bienfaisante extase
Vous est promise au bout de la campagne rase ?
Que voyez-vous là-bas qui luit et fuit toujours
Et dont s'irrite ainsi votre effroyable amour ?
— Ah ! de quelle brûlure en mon cœur s'accompagne
Ce grand cri de désir des trains vers la campagne...

12

# HERMIONE

Ah ! que n'ai-je pu vivre au temps sacré des Dieux,
Dans un jardin limpide et léger de Colone,
Buvant l'azur, foulant de mes pieds radieux
L'ombre d'un noir cyprès sur la blanche anémone !

Que n'ai-je pu dîner aussi chez Agathon,
Ou bien, dansant la nuit près des feux de la rade,
Me mêler, le front ceint de roses en bouton,
Au cortège amoureux qui suivait Alcibiade.

J'aurais vécu, portant une cruche de grès,
Me reposant au bord odorant des fontaines,
Écoutant le vent bleu chanter dans les agrès
Quand le soir ramenait les vaisseaux près d'Athènes.

Miracle des jours grecs, que je vous eusse aimé !
J'aurais vu, quand le saule au vent d'été s'écarte,
Petite fille, avec son cœur encor fermé,
Jouer dans un jardin Hermione de Sparte...

## STANCES A VICTOR HUGO

On ne peut que se taire, Hugo ; la voix se meurt
    Chez celui qui t'écoute ;
On ne peut que rester baigné de ta rumeur,
    Sur le bord de ta route.

Dans les chemins du monde où tes pieds ont marché,
    La cigale est sonore ;
C'est toi le masque noir des nuits, c'est toi l'archer
    Qui décoches l'aurore !

Qu'un autre ose élever vers ton autel si haut
    Une ode triomphante,
Je ne veux qu'effeuiller sur ton divin tombeau
    La rose de l'Infante.

Je suis la sœur de Ruth, la sœur de l'Enfant grec
    Et du Roi de Galice ;
Je viens ivre d'azur et de rosée, avec
    L'aube dans ma pelisse ;

Je viens comme une enfant qui voudrait caresser
    Ta face auguste et sainte,
Et qui, ne pouvant rien pour ta gloire, a tressé
    Le lierre et la jacinthe ;

Comme une enfant qui tremble et qui tombe à genoux
    Joignant des mains glacées,
Et qui baise en pleurant les pieds joyeux et doux
    De tes grandes pensées !

Je crois que c'est toi Pan, que c'est toi Jéhova,
    Toi le chantant Homère,
Que l'immense océan, brisant ses bords, s'en va
    Dans ta poitrine amère.

Quand je vois l'infini, je pense : « C'est Hugo,
    C'est sa bouche profonde ! »
Et je crois que c'est vous les deux pôles égaux
    Qui contiennent le monde !

Je vous lis en pleurant, en chantant tour à tour,
    Vous seul m'avez fait croire
Qu'on peut mettre au-dessus de l'ineffable amour
    L'héroïsme et la gloire.

Ah ! près d'Eviradnus, près du divin Roland
    Qui gardent votre tombe,
Laissez que, déchirant son gosier tiède et blanc,
    J'immole ma colombe...

## LES PARADIS

Le paradis c'est vous, beaux cieux lourds de nuages,
Cieux vides, mais si vifs, si bons et si charmants,
Où les arbres, avec de longs et verts jambages,
Pointus, larges, légers, agités ou dormants,

Écrivent je ne sais quelle suprême histoire,
Quel livre de l'espace, odorant, triste et vain,
Quel mystique Koran, qui relate la gloire
De l'azur éternel et de l'éther divin.

Le paradis, c'est vous, voyageuse nuée,
Robe aux plis balancés d'un dieu toujours absent,
Vers qui montent sans fin, ardeur exténuée,
Les vapeurs du désir, et le parfum du sang.

C'est vous le paradis, jardins gais ou maussades,
Lustrés par le soleil ou le vent du matin,
Où les fleurs de couleur déroulent leurs torsades,
Et jouissent en paix du sensuel instinct.

Et c'est vous, sol poudreux, argileux, tiède terre,
Le paradis naïf et muet qui m'attend,
Lorsque la mort viendra rompre le mol mystère
Qui me lie, ô douceur ! à la beauté du temps...

# PLÉNITUDE

Le jour tremble et s'éteint, mais le cercle du ciel,
Les feuillages nattés, les voûtes odorantes,
Les duvets des oiseaux pleins de brises errantes
Sont encor chauds de vous, soleil torrentiel !

Le soir est un moment de candide accalmie,
Il attend sans avoir souci de son destin.
Puis un astre apparaît, ô nocturne matin,
Est-ce le soleil mort, ou la lune endormie?

Enfin l'ombre se fait en augmentant toujours.
Je ne vois plus glisser sur mon heureux visage
Les mouvements, les cris, les pas du paysage,
Et l'uniforme nuit m'enferme dans ses tours.

Mais alors c'est de moi que monte et que s'élance
Un univers plus beau, plus plein de passion,
Je suis le sol, la flamme et l'orchestration,
Je foule l'infini, j'embrase le silence,

Et mon cœur est unique, universel, puissant,
Mon esprit est ouvert comme une immense porte,
Je m'attendris, je meurs, je m'exalte, je porte
Quelque chose, ce soir, de divin dans mon sang...

# PAGANISME

Sapins lourds, ténébreux, dévalant, dont les branches
Suspendent dans l'air bleu de vertes avalanches,
Saules, sur les étangs pleurant de désespoir,
Mélèzes résineux, fraîches voûtes du soir,
Où, comme un chaud vitrail, le soleil met son prisme,
Grottes, ravins, échos, immense romantisme,
Ah ! comme dans mon cœur vous êtes accueillis !
Pourtant, vous le savez, je suis de ce pays
Qui commence en Asie et va jusqu'en Sicile,
Du pays lumineux, ouvert, serein, tranquille,
Du pays où la chèvre au regard sec et droit
Mord d'une bouche noire un amandier étroit ;
Où le jaune jasmin, le thym, le chèvrefeuille,
Sont un miel crépitant que l'abeille recueille ;
Du pays où les ifs allongés, le cyprès,
Où la tombe pierreuse et le vase de grès,

L'agneau libre, paissant sur les roches salines,
Les lignes du rivage, et celles des collines
Ont la forme sacrée et nette de l'esprit ;
Du pays où Daphnis près de Chloé sourit.
J'ai pour sœur de mon sang et de mon rêve étrange
Une fille qui danse en tenant une orange,
Un genou replié, l'autre éployant dans l'air,
Les flots harmonieux d'un voile de lin clair !
— Douce Aphrodite d'or, force, ardeur infinie,
Musique, enchantement du ciel de l'Ionie,
Le jour où je viendrai sur le sol radieux
Qui vit naître, combattre et triompher mes dieux,
Quand je viendrai, portant le lierre et les verveines,
Me pardonnerez-vous d'avoir eu dans les veines,
D'avoir eu dans mes yeux, — ô Déesse au front pur
Qui m'aviez fait un don de miel, d'air et d'azur,
Ce goût voluptueux, pesant, courbé, mystique,
Du saule élégiaque et du buis romantique ?
Me pardonnerez-vous d'avoir quelquefois dit :
« Je choisis le barbare et brumeux paradis, »
D'avoir aimé l'éclat des bûches dans la cendre,
Le carillon tintant d'une ville de Flandre,
Les canaux d'Amsterdam, Rembrandt, ses Échevins,
Enfin ce qui n'est pas vos bras blancs et divins ?
D'avoir joui d'un frais coteau des bords de l'Oise,
Moi dont le sang reflète une rose crétoise,
D'avoir béni l'odeur d'un fruitier automnal,
D'avoir, dans quelque soir penchant de Port-Royal,
Respiré, le cœur plein d'un vin puissant et triste,

Les dahlias mouillés d'un jardin janséniste,
Moi qui porte en mon sang et jusqu'au fond de l'os
Tes soleils et ton cri, divin Dionysos !...

Mais, c'est fini, cette âpre et déchirante lutte,
Je viendrai, mes deux mains tenant la double flûte,
J'aurai l'odeur du vert lotos, des serpolets ;
Près de moi des enfants joueront aux osselets,
Des paons s'envoleront en déployant leurs queues,
Au-dessus des enclos luiront des figues bleues ;
Pour cueillir ces fruits chauds entr'ouverts dans l'azur
Je presserai si bien mon corps contre le mur
Que je serai semblable à ces nymphes des frises,
Dont la jambe et la main sont dans la pierre prises.
Et désormais, sans voix, sans effort, sans souhaits,
Ayant touché l'immense et débordante paix,
Voyageuse arrivant et qui baise la porte,
Ne désirant plus rien je serai bientôt morte.
Mes doigts lâchant les bords de l'éther large et beau,
Je me renverserai sans peur dans le tombeau.
Car ce qui retenait mon être dans le monde,
Ce qui me fit joyeuse, âpre, errante, profonde,
Ce qui causait mon brusque et mon brûlant transport,
Ce qui me fit bondir dans mes cités du Nord,
Ce qui rendit mon âme, ivre, avide, malade,
C'était le grand désir de vous, ô sainte Hellade !
O Soleil du plaisir, ô Délices des temps !
Vous ayant vue, alors, j'irai, le corps content,
Sur le pas délicat et léger de la danse,

Selon quelque sévère et funèbre cadence,
Les coudes joints, tenant serrés à mes côtés
Ces linges que l'on voit sur les stèles sculptés,
Le front ceint du bourgeon violet des acanthes,
Dans la terre amoureuse où dorment les bacchantes...

# II

# BEAUTÉ DE LA FRANCE

... par quoi la France touche le monde.

MICHELET.

## LE POÈME DE L'ILE-DE-FRANCE

Sous les arbres feuillus qu'un peu de vent agite,
Le petit jour éclot, dans le sable vermeil,
Comme un lièvre inquiet glisse hors de son gîte,
Peureux, le cœur timide et les yeux en éveil.

La pelouse est soudain comme une longue joie,
Comme un brûlant miroir et comme un vert étang
Où l'ombre des tilleuls se renverse et se noie,
Où le vol de la pie et du ramier s'étend.

Les labours ont le ton charmant des roses sèches
Et font briller au loin leur océan moelleux,
Le soleil du matin monte au ciel, se dépêche ;
On voit glisser dans l'air un petit faucon bleu.

Sous le poids des frelons tout l'herbage remue,
Je suis là, j'ai sur moi l'herbe des prés stridents ;
Caresse de verdure au bord de l'âme émue,
Plaisir qui naît aux pieds et qui va jusqu'aux dents !

Je ne pourrai jamais dire de quel bien-être,
De quel parfum plus fort que le pollen des lis,
De quelle juvénile extase me pénètre
Un matin qui bleuit les coteaux de Senlis.

On croit que l'on va voir l'ombre de La Fontaine
Dans les chemins charmants marcher près de Perrault,
Tant le jour a de grâce amortie et lointaine
Sous le ciel si léger, si sensible et si haut.

L'étendue est joyeuse, est enfantine et nette
Comme dut être au bord des parterres fleuris
La robe en pékin bleu de Marie-Antoinette
Alors qu'elle n'était que dauphine à Paris.

Les tilleuls sont en fleurs, l'abeille se balance,
Et soudain, dans la paix de cet été lassé,
Un lourd faisan s'envole et fait dans le silence
Le bruit d'un oiseau froid sur un étang glacé.

Tout est ordre, harmonie, heureuse jouissance,
Tout est dispos, exact, indolent et béni,
Il semble que le cœur de mon Ile-de-France
Soit soumis à la loi qui régit l'infini ;

O suave bonheur d'un azur qui se lève,
Où des bouquets de bois si doucement sont peints
Que l'on ne pourrait pas, sans déranger le rêve,
Courber ou remuer la branche d'un sapin.

Ni les reines de France au jardin de Versailles,
Ni Ronsard qui naquit dans le vert Vendômois,
N'ont de ce doux pays dont mon âme tressaille
Si bien vu les secrets et tant joui que moi.

Mieux que la voix d'Yseult et de Sheherazade,
Mieux que les pourpres chants du brûlant Saadi,
Tu me plais, clair rosier près de la balustrade,
Où viennent s'assembler les guêpes de midi.

Grande allée ondoyant comme une blonde Loire
Comme vous m'emplissez de sagesse et de feu,
A l'heure où les vapeurs montent comme une gloire
Des rives de la Seine et de l'Oise au cœur bleu !

Ah ! si j'ai quelquefois désiré voir la Perse,
Si Venise me fut le dieu que je rêvais,
De quel autre bonheur plus tendre me transperce
La douceur d'un beau soir qui descend sur Beauvais.

Bien plus que pour Bagdad dont le nom seul étonne,
Que pour Constantinople ineffable Houri,
Je m'émeus quand je vois dans un matin d'automne
Le clocher de Corbeil ou de Château-Thierry.

De quel vivant éclat dans ma mémoire brille
Tel doux hôtel de ville et tel archevêché,
Tel énorme cadran avec sa vieille aiguille,
Tel ancien collège avec son toit penché.

— Ombrage des pommiers parfumant les campagnes,
Routes où vient jouer et rire le vent clair,
Où Corneille enflammé construisait ses Espagnes,
Où Racine passait en composant *Esther !*

Paysages d'ardeur et de grâce latine,
Petit bourg où Jean-Jacque un soir s'est arrêté,
Terrasse où s'accoudait ce Fabre d'Églantine
Si jeune et si charmant avec son nom d'été ;

Jardins de buis taillés où l'on voyait Voltaire
Courbé, chétif, léger sous un habit marron,
Promener dans sa joie ardente et salutaire
La *Princesse de Babylone* et le *Huron.*

Villes de monarchie ou de quatre-vingt-treize,
Couvent des Augustins, club des Vieux-Cordeliers,
Je ne choisirai pas dans la splendeur française
Et je veux, mon pays, tout ce que vous vouliez :

Les parcs luisants de marbre et de jeux d'eau sans nomb.
Les temples de Musique où l'on venait languir,
Le clair Palais-Royal où des promeneurs sombres
Ont mis sur leurs habits : « Vivre libre ou mourir. »

O clartés des Feuillants, beautés du jeu de Paume,
Immense rêverie au centre du danger,
Et là-bas le touchant, le délicat fantôme
D'une bergère auprès de son tiède oranger !

— Petite aristocrate en des guirlandes rondes,
Pleurant de passion sur des chants de Lulli,
Les roses de vos mains ont parfumé le monde,
L'azur ne semble pas plus doux que votre lit.

Vos tendres bras serrés dans un étroit corsage,
Les yeux plus innocents qu'un candide ruisseau,
Vous jouiez pour le roi *Le Devin de Village*,
Et vous pleuriez d'amour quand vous voyiez Rousseau.

Vous n'aviez pas de cœur, et pourtant vos doux rêves
Flottaient sur les hameaux, les sources, les moutons ;
Pauvres pâtres heureux, comme votre heure est brève,
Des hommes vont venir, c'est Vergniaud, c'est Danton.

O fougues ! ô colère, ô délire, ô jeunesse,
O tumulte semblable aux forces de l'amour !
Palais où l'on meurtrit, cachots où l'on caresse,
Clameurs dans l'air léger montant comme une tour !

Graves, leurs longs cheveux collés près du visage,
Debout sur une table au milieu des jardins,
Dans les soirs de juin qu'ils semblent fous et sages
Les sensibles, les chauds, les charmants Girondins.

Premiers éclairs du lourd et du terrible orage,
Que vous aviez d'éclat dans le ciel encor beau,
Tant de rêve, d'espoir, de souhait, de courage,
La voix de Desmoulins, la voix de Mirabeau !

O tremblement divin de la terre enflammée,
Secousse qui de France a gagné l'Univers.
Sur les pavés tintants, pas de la jeune armée
Auprès de cette auberge et de cet ormeau vert.

O petites lueurs derrière les fenêtres
Dans les douces maisons d'un village endormi,
Où soudain, comme un bruit de tonnerre, pénètrent
Les canons bienheureux des vainqueurs de Valmy...

Et maintenant, voici que ton azur s'écarte,
Ile-de-France en fleur, rosier vert et vermeil,
Pour laisser s'en aller le jeune Bonaparte
Vers son brûlant destin de foudre et de soleil.

Ah ! comme il est petit, comme il est mince et pâle,
Comme il est anxieux, tandis que follement
Joséphine, en lin clair sous son collier d'opales,
Le voyant si chétif rit qu'il soit son amant !

Ces grands midis éteints avant que je ne vinsse
Je les goûte aujourd'hui, riche d'un lourd plaisir,
Sur le cœur apaisé de ma belle province
Où l'azur semble un front plein de haut souvenir.

Et comme Véronique a déplié son voile
Pour recevoir un dieu blessé d'ombre et de sang,
Je vous accueille en moi jusqu'aux profondes moelles
O Face sans douceur de mon Passé puissant !...

## VERSAILLES

Au centre du profond et du secret palais,
Quand parfois en juillet on ouvre les volets,
L'air, chargé des parfums que les brises entraînent,
S'élance, Éros joyeux, dans les chambres des reines,
Et, comme on éveillait la Belle au bois dormant,
Met des baisers d'azur sur ce délaissement...
Alors, ce qui dans l'ombre et dans l'oubli repose
Reprend son clair parfum et sa rondeur de rose,
Tout ce qui fut chargé de soie et de couleurs
Sent revivre sa grâce et ses secrètes fleurs.
— Immense chevelure experte et délicate
L'or, sur la boiserie, afflue, ondule, éclate ;
La cornemuse, un jet d'églantine, un râteau,
Un beau dauphin gonflé qui fait jaillir de l'eau
Suspendent leur divin dessin à la muraille :
Or plus tendre que l'ambre heureux et que la paille !
Et voici qu'un rayon de soleil vif et doux
Allume brusquement le parquet de miel roux

Dans la chambre où marchait Madame Adélaïde...
Ah ! comme l'air est las, comme le monde est vide,
Comme la jeune aurore a perdu ses amants,
Depuis que tous ces fronts frivoles et charmants
Accourus à l'appel de la funèbre chasse
Ont quitté la maison, le parc et la terrasse !...
Hélas ! les eaux, les bois semblent disgraciés !
Qu'importe, beaux massifs, que vous refleurissiez ?
Vous ne rendrez jamais, si clair que le jour naisse,
Au tendre Trianon sa luisante jeunesse,
Les brillants orangers d'un vert vif et verni
Ne peuvent empêcher que le temps soit fini
Où le parterre ardent riait sous ses abeilles,
Où les femmes étaient de vivantes corbeilles,
Et leurs cheveux la source au reflet argentin ;
Le temps où, quand sonnaient neuf heures du matin,
On voyait, sur un banc, tenant un bol de crème,
Cette enfant qui sera duchesse d'Angoulême ;
Le temps où, quand le soir semble soudain trop doux,
Si bien qu'un corps charmant étouffe tout à coup,
La reine brusquement entr'ouvrait sa fenêtre,
Et voyant s'obscurcir la nuit qui vient de naître,
Entendant frissonner la rose et le lézard,
Chantant pour soi des airs que lui montra Mozart,
Rêvait à des amours secrètes et sereines...
Ah ! ce divin besoin qu'ont sans doute les reines
A l'heure où vont languir les rossignols, les geais,
De mourir sur le cœur de leurs tendres sujets,
De sentir défaillir leur beau front en désordre

Sous des doigts suppliants dont l'ardeur est un ordre,
D'attirer sur leur chaud, leur humble cœur humain,
Le frôlement profond et lent d'une autre main,
Et de laisser jaillir d'un sein qui se soulève
Les lamentations du désir et du rêve !...

Là-bas un bassin noir, écrasé de chaleur,
Semble un vase voilé qui recèle des pleurs.
Ah ! comme ce jardin empli de paix dormante
Au lieu de m'apaiser m'effraye et me tourmente.
Moi qui ne vis jamais un parterre enchanté
Sans me sentir la nymphe heureuse de l'Été,
Sans jeter sur les beaux buissons fleuris de joie
Des regards plus pressants que des filets de soie,
Sans courir tout auprès du luisant oranger
Pour mêler mes deux mains à son geste léger,
Sans m'appuyer au tronc d'un hêtre qui s'élance,
Sans m'unir à son cœur par mon tendre silence,
Je suis ici timide et mourante d'émoi...
Ce jardin sommeillant et lourd n'est pas à moi.
Voici les résédas de la petite fille
Qui dut avoir si peur le jour où la Bastille
Tremblait dans la chaleur au son noir du canon.
Voici le phlox sensible et sa fleur de linon.
Voici le rosier blanc dont la rose est moins vive
Que ne fut le doux sein de la Jeune Captive,
Voici la fin du jour, hélas ! voici le soir,
Voici d'immenses flots de glissant désespoir,
Voici des pas, des voix et des âmes sans nombre,

Des cœurs blessés, jaloux, et qui pourraient nous voir.
Quels visages déjà sont là, si froids, si sombres?
Ah ! cette reine avec au front un bandeau noir !
— Allons-nous-en d'ici, laissons la place aux ombres..

# LES BORDS DE LA SEINE

Calme matin de mai, détendu dans la joie !
Le jour est vert et bleu par l'arbre et par le ciel,
Le pré délicieux fait lui-même son miel,
Tout l'univers s'élance et c'est l'azur qui ploie...

La Seine illustre coule, eau douce qui sourit
Par tous ses lents frissons charmants comme des lèvres,
Eau qui tend un miroir aux collines de Sèvres
Et baigne mollement Saint-Cloud près de Paris.

Ah ! que le jour est beau ! Je crois que je peux prendre
Tout ce bonheur sur moi d'un geste immense et rond.
Comme le jour est doux ! Et l'odeur du goudron
Luit comme une aile noire au-dessus du flot tendre...

# SOIR D'ÉTÉ DANS LE PARC DE SAINT-CLOUD

Le soir vient, les rumeurs du monde sont cessées,
O jardins assoupis, pelouses caressées,
Calme, calme profond. Un vert étang qui dort
Est piqué, lacéré par des insectes d'or;
Ces moustiques sur l'eau font des gouttes de pluie,
Des cercles fins et lents que le vent mol essuie.
Et c'est un soir candide et pourtant hésitant,
Il semble qu'un perfide orage soit latent.
Les marronniers taillés, les charmilles, les ormes
Déversent dans le soir leurs cascades énormes;
Et le ciel, faible, cerne et baise doucement
Ce lourd, monumental et vert éboulement...
Le soleil a partout laissé tant de dorure
Qu'on ne sait plus quelle heure il est dans la nature.
Mais la lune apparaît, croissant si fin, si clair,
Dans l'immensité bleue, étroite ligne d'air.
— O croissant, lame courbe au milieu des cieux mornes,
De quel bélier d'argent êtes-vous les deux cornes,

Quel rival invisible, effarouché, poltron,
Heurtez-vous dans le soir en baissant votre front ?
Ah ! que je sens glisser de frissons sur ma vie,
Ma douleur du matin m'a donc ici suivie ?
Ne serais-je jamais, dans l'éther ébloui,
Un corps humble et léger que son cœur réjouit ;
Faudra-t-il que toujours les êtres et les choses
M'enivrent de ce vin de piments et de roses ?
Je regarde la nue où le soir indolent
Disperse le parfum du géranium blanc.
L'étendue est un calme, un sensuel visage :
Que ne puis-je épuiser sur toi ma tendre rage,
Croissant ! bouche d'argent dans le ciel des étés,
Douce bouche qui rit les deux coins remontés...

# LE ROSSIGNOL DANS LE JARDIN DU ROI

Ah ! comme tu t'émeus, t'énerves et tressailles
Vertigineuse nuit des jardins de Versailles !

Les larmes de mon cœur, montant comme un jet d'eau,
Semblent jaillir soudain du gosier d'un oiseau.
— Rossignol qui chantez dans le léger cytise,
Flambeau mélodieux que le vent doux attise,
Je remets ma douleur à vos divins accents,
Soupirez pour mon cœur, sanglotez pour mon sang...
Vous chantez cette nuit au-dessus du parterre
Où des rosiers, gonflés d'un solennel mystère,
Menés par quelque dieu des jardins et des eaux,
Au son de je ne sais quels cristallins pipeaux
Forment une amoureuse et langoureuse ronde
Et semblent reliés par leur odeur profonde...
O lune ! ô banc de pierre ! ô vase de granit !
Romantique douceur, désespoir infini,
Et pourtant le bonheur est là qui se repose

Dans le parc alangui, dans ce salon des roses !
— Rossignol qui chantez, avez-vous votre cœur
Tout près du seringa jaillissant, dont la fleur
S'exalte et luit ce soir aussi haut que votre arbre?
La voyez-vous pâlir sous la lune de marbre?
Est-elle toute molle et chaude contre vous?
Riez-vous? Pleurez-vous? Êtes-vous triste ou fou?
Avez-vous le plaisir que nous rêvons sans cesse?
N'êtes-vous tous les deux qu'une seule caresse?
Hélas ! tous ces rosiers, comme ils viennent sur moi,
Par leurs soupirs, par leur parfum, par leur émoi.
Je les vois dans la nuit, en cercle, autour de l'urne.
La nuit semble expansive et pourtant taciturne.
Ah ! ce bouquet de fleurs pour un seul frêle tronc,
Cinquante fleurs sur un rosier chétif et rond ;
Sous ce poids éperdu tout l'arbuste succombe ;
Comme la volupté nous courbe sur la tombe...
Un peu de vent s'enroule autour de moi soudain :
Il est tout englué des sèves du jardin.
Je n'ai plus qu'à mourir, se peut-il qu'on supporte
Ces promesses d'ardeur, ce feu, cette odeur forte?
Pourtant, là-bas, le lin a son calice clos,
Le lobélia bleu s'endort comme un mulot,
L'anémone se ferme et ne veut plus entendre
L'errant désir, toujours gonflé de pollen tendre.
Ces fleurs semblent en paix, calices apaisés
Ayant beaucoup reçu de larmes, de baisers,
Mais pour le cœur brûlant, mais pour la créature,
Rien ne vient achever sa sublime torture.

Ces jets de fleurs, ces longs silences, ces repos
Sont un venin qui va plus avant dans les os.
Que ne peut-on s'unir à la brûlante rose,
Aux parfums ondoyants, au faune qui repose
Mystérieux, muet, impalpable, argentin,
Dans l'espace si bas, si proche et si lointain...
— Encor ce vent, cette langueur, cette démence,
Ce croisement d'odeurs, de désirs, de semence...
— Rossignol, vous voyez qu'aucun visage n'eut
Un désespoir plus lourd, plus contracté, plus nu.
Ah ! faites-moi mourir, à moins que je ne chante
Comme vous, d'une voix déchirante et touchante,
Ivre d'espoir, de songe et de divin ennui,
Mon amour pour la lune et les belles-de-nuit !...

Hélas ! près de vos cris que mes plaintes sont vaines,
Mais si mon sang coulait, mais si j'ouvrais mes veines...

## SOIR BASQUE

Le soir est un silence odorant, rose et clair,
 L'astre s'incline.
Un bambou languissant est amoureux de l'air,
 Sur la colline.

Des chevriers s'en vont près d'un torrent en fleur,
 Fin des journées !
Un puits luit ; Bétharam s'endort dans la chaleur
 Des Pyrénées.

De Lourde aux belles eaux flotte un mystique appel
 Sur la campagne ;
Mais tout le soir répond au soupir sensuel
 Qui vient d'Espagne...

# BAYONNE

Sur la calme rivière où le soleil repose
Les bateaux ont ce soir des coques d'argent rose,
Et les flots sont pareils à du liquide blé,
Tant le chaud crépuscule à l'azur emmêlé
Partout descend, reluit, se suspend et rayonne...
Par la porte d'Espagne on entre dans Bayonne ;
Ah ! comme on est soudain paisible, heureux, content,
Il semble que le cœur la désire et l'attend !
Ses toits roses, penchés sur son eau bleue et grise
La font aussi luisante, aussi molle que Pise.
Rien ne peut plus tenter son rêve ambitieux,
Elle a son cloître avec des rosiers au milieu,
Des fenêtres où bombe un noir et fin grillage,
L'aspect d'avoir vécu pendant un très long âge,
Et de garder empreints aux tiédeurs de son sol
Les pieds mystérieux et doux de Doña Sol...
— Bayonne au cœur charmant, française orientale,
Ton visage, fardé de vapeur d'or, s'étale

Sous un azur au ciel de Tolède pareil.
Tes beaux petits jardins qui sont sous le soleil
Jettent une lueur jaune, rouge, vivante.
Tu n'as pas l'âpre éclat, ni la force énervante,
Ni la plaie amoureuse ouverte dans le cœur,
Ni la sombre fierté, ni la pourpre saveur
De tes sœurs d'Italie et de tes sœurs d'Espagne,
Mais de quelle bonté ta grâce s'accompagne !
Tu regardes briller dans tes soirs clairs et lents
Des combats de taureaux qui ne sont pas sanglants,
Tu portes en riant, sur ton âme païenne,
Les mystiques langueurs de la vieille Guyenne,
Et tends ainsi qu'un arc, dans la splendeur du jour,
Ton pont délicieux qui traverse l'Adour.
Et quand le moment vient de comparer ta grâce
Aux villes d'Orient dont l'éclat te dépasse,
A ces bourgs catalans dont tu ne peux goûter
Que les parfums flottants sur les brises d'été,
Tu trouves dans ton cœur, qu'un si doux azur baise,
Le bienheureux orgueil de la langue française...

## LA SAVOIE

Enfance au bord d'un lac! angélique tendresse
D'un azur dilaté, qui sourit, qui caresse,
D'un azur pastoral, d'un héroïque azur
Où l'aigle bleu tournoie, où gonfle un brugnon mûr...
— L'horizon était beau comme une mélodie,
La montagne d'argent brillait, molle, engourdie,
Et glissait dans le lac son torrent de clarté.
C'est là que j'ai connu les bonheurs de l'été;
Quel échange d'amour, de promesses, de joie
Entre les coteaux verts et les cieux de Savoie,
Harmonieux élans, confiante douceur !
Les alcyons légers semblaient jaillir du cœur
Pour presser le flot tiède où leurs ailes se posent ;
Les clairs jardins étaient des cantiques de roses,
Et le cri des bateaux semblait soudain jeté
Par l'énervement tendre et brûlant de l'été...
Et puis c'étaient les soirs en août, mélancoliques,
Parfum des châtaigniers, des noyers, des colchiques !

La lune doucement dans le ciel arrivait ;
On voyait luire au loin les jardins de Vevey,
Les jardins de Clarens ombragés par les vignes ;
Les flots contre les quais faisaient trembler des cygnes.
Un romanesque ardent émanait de cette eau
Comme au temps de Byron, comme au temps de Rousseau.
Près de moi s'envolaient des roitelets, des grives ;
De paisibles pêcheurs, sur les moelleuses rives,
Dans les vapeurs du soir renouaient leurs filets.
Les hameaux embaumaient la fumée et le lait.
Brusquement les grillons emplissaient la prairie.
C'était une sublime, immense rêverie...
— Soir des lacs, bercement des flots, rose coteau,
Village qu'éveillait le remous d'un bateau,
Petits couvents voilés par des aristoloches,
Senteur des ronciers bleus, matin frais, voix des cloches,
Voix céleste au-dessus des troupeaux, voix qui dit :
« Il est pour les agneaux de luisants paradis »,
Porte ouverte soudain sur un doux monastère
Où la Clarisse en feu, qui ratisse la terre,
Arrose le rosier et vient nourrir le paon,
Semble être la rustique épouse du dieu Pan ;
Barque passant le soir en croisant ses deux voiles
Comme un ange attendri courbé sous les étoiles,
C'est vous qui m'avez fait ce cœur triste et profond,
Si sensible, si chaud que l'univers y fond !
— Pays mystérieux, abondant, doux et tendre
Comme un conte enchanté qu'on veut toujours entendre,
Moi qui ne peux pas croire aux promesses des cieux,

Je vous adore avec la part qu'on donne à Dieu.
Je ne souhaite pas d'éternité plus douce
Que d'être le fraisier arrondi sur la mousse,
Dans vos taillis serrés où la pie en sifflant
Roule sous les sapins comme un fruit noir et blanc.
Dormir dans les osiers, près des flots de la Drance
Où la truite glacée et fluide s'élance
Hirondelle d'argent aux ailerons mouillés !
Dormir dans le sol vif et luisant, où mes pieds
Dansaient aux jours légers de l'espoir et du rêve !
O mon pays divin, j'ai bu toute ta sève,
Je t'offre ce matin un brugnon rose et pur,
Une abeille engourdie au bord d'un lis d'azur,
Le songe universel que ma main tient et palpe,
Et mon cœur, odorant comme le miel des Alpes...

## ANNECY

Annecy, délicate, aimable, humble Venise,
Maisons et quais bâtis sur des canaux étroits,
Ville où Jean-Jacque a vu pour la première fois
Madame de Warens qui sortait de l'église...

Voici, baigné des eaux d'un vert canal qui dort,
Le jardin où vivait, jeune veuve isolée,
Sous un arbre fleuri comme un grand azalée,
Celle dont le regard brillait de gouttes d'or.

Le vent de l'aube fraîche est bleu comme la sauge,
On voit déjà passer un marchand matinal,
Un gai moulin, sur l'eau joyeuse du canal,
Fait, en tournant sa roue, un bruit clair qui patauge.

Là-bas c'est le lac chaud, le lac fondu d'amour
Qui berce sa langueur contre la molle rive
Où déjà le parfum de l'Italie arrive,
Et met sa nonchalance et son pollen si lourd.

Mais j'aime mieux ce coin de la ville où persiste
Le jardin qu'éclairait du rire de ses yeux,
La dame de Lausanne au sein délicieux,
Qui fut prompte au plaisir, insouciante et triste...

## LES CHARMETTES

La route : un tendre miel de menthe
Flottait sur le petit torrent,
Rousseau, quand vous vîntes, errant,
Vers votre humble, immortelle amante.

L'eau coule, le silence est frais,
L'ombre est verte, humide et dormante.
— C'est sur cette pente si lente
Que votre fenêtre s'ouvrait !

Tous vos soupirs, tout votre orage,
Qui, dans la plus grande cité,
Mèneront un peuple irrité,
Soulèvent ici le feuillage...

Religieuse pâmoison !
Mon cœur, de douceur va se fendre.
Je pousse votre porte, j'entre,
Voici l'air de votre maison.

Je me penche à votre fenêtre,
Le soir descend sur Chambéry ;
C'est là que vous avez souri
A votre maîtresse champêtre.

Vos pieds couraient sur le carreau
Et vous traversiez la chapelle
Quand votre mère sensuelle
S'éveillait entre ses rideaux.

Des cloches tintent, le jour baisse,
Voyez, je rêve, je me tais...
C'est sur ce lit que tu jetais
Ton cœur qui crevait de tristesse !

Voyez avec quel front pâli,
Dans cette émouvante soirée,
Je suis — l'âme grave et serrée —
Venue auprès de votre lit.

Recueillie et silencieuse,
Les deux mains sur votre oreiller,
Les bras ouverts et repliés
Je fus votre sœur amoureuse.

Je presse votre ombre sur moi,
Que m'importe ces cent années !
Vous viviez ici vos journées
A la même heure de ce mois ;

Il est six heures et demie,
Claude Anet arrose au jardin ;
Vos deux mains, si chaudes soudain,
Sont sur le cœur de votre amie.

C'est ici, près de ce muscat,
Dans la douce monotonie,
Que vous grelottiez de génie
O héros lâche et délicat !

L'odeur claire et fraîche en automne
Des dahlias et du raisin,
Glissait, dans l'aube, sur le sein
De celle qui vous fut si bonne.

Dans la chambre un papier chinois
Sur les murs vieillis se décolle.
Ah ! comme votre hôtesse est folle !
Vous pleurez d'amour tous les trois...

La douceur des soleils sur Parme,
Les beaux golfes de l'univers
Ne valent pas un jardin vert
Où coulaient de fameuses larmes.

O Rousseau qui fûtes laquais
Et fûtes chassé par vos maîtres,
Vous dont le chant divin pénètre
Les bois, les sources, les forêts,

Voyez, ce soir le ciel bleu penche
Sur les Charmettes son front pur,
Je prends dans mes mains tout l'azur,
Je te donne cette pervenche...

# LE VALLON DE LAMARTINE

C'est de la joie et de la joie.
L'arbre s'étend, le ciel se noie
Dans son calice bienheureux.
Ce bonheur vert ! Ce bonheur bleu !
Soupirs de la terre enivrée.
Toute la plaine est affairée,
Quel effort, quel élan, quel jeu !
Des ailes de guêpes en feu
Viennent et vont, vives, légères,
C'est une ivresse ménagère ;
Que de combats pressés, stridents,
Il semble que de fines dents
Mordent tout le luisant herbage ;
Quelle ardeur, quel feu, quelle rage !
C'est un chant si vibrant, si long,
C'est comme un brûlant violon
Où le soleil appuie et ploie
Son bel archet de jaune soie.

L'univers se double dans l'eau,
Que tout est clair, que tout est beau !
— Douce touffe d'herbe amoureuse
Qu'un papillon écarte et creuse,
Sureaux aux parfums framboisés
Par le vent du matin baisés,
Fleur frêle qu'un insecte incline,
Chaude cigale cymbaline
Qui dans la molle ardeur du pré
Fait retentir un chant cuivré !
Les parasols de l'angélique
Protègent du soleil oblique
La scabieuse qui brûlait
Sa houppe de miel violet.
C'est une odeur partout éclose
De sucre, de poivre, de rose,
De pampre, de lin, de gruau...
— Le Vallon, entre ses coteaux
Que parfument de molles menthes,
Comme un vase aux parois charmantes
Contient la liquide douceur
De cent petites sources sœurs.
On entend bruire la course
De ces joyeuses, folles sources !
— Où allez-vous vous dirigeant,
Petites sirènes d'argent,
En quittant les sommets limpides
D'où vos blanches eaux se dévident?
De quels bonds souples, déliés,

Vous descendez les escaliers
D'herbe, de pierre, à tire-d'ailes !
O pauvres sources infidèles,
Vous ne reverrez jamais plus
Les verts coteaux qui vous ont plu,
L'aurore si rose et si proche
Au sommet de la haute roche ;
Torrent si pressé, si hâtif
Qui semblez être le pouls vif
Du temps qui fuit, irrévocable,
Comme votre fureur m'accable,
Comme vous criez à mon corps :
« Le jour se meurt, le jour est mort !... »
Comme vous dites : « Courons vite
Où le beau plaisir nous invite.
Craignons de perdre sous le ciel
Un peu de temps essentiel.
Avant, hélas ! que l'on s'enfonce
Sous la terre âpre ou sous la ronce
Ou l'onde, où l'homme sont jetés,
Épuisons les divins étés !
Le suc du cœur ou de l'écorce
Ne fuit pas avec moins de force
Vers le ravin universel
Que ce torrent continuel !... »

Hélas ! je le sais et, j'écoute
Ce galop du temps sur la route...
— Mais quel appel à l'horizon ?

C'est une divine chanson :
Des cloches tendres, opalines,
Semblent s'envoler des collines ;
Beaux oiseaux immatériels
Dont le vol chante sous le ciel ;
Leur force molle se dilue
Dans l'air où le soleil afflue.
Il semble que le firmament
Soit tout un clair balancement
D'argent, d'azur, de mélodies...
— Cloches aux bouches arrondies,
Colombes au brin d'olivier,
Ah ! c'est en vain que vous rêviez
De m'apporter la paix céleste
Sur votre aile dansante et preste,
Et dans la langueur d'un beau soir
D'annoncer un divin espoir.
Petites cloches insensées,
O campanules renversées,
Fleurs au pistil mélodieux,
Il n'est plus de cieux et de dieux.
Vous n'êtes qu'une blanche cendre
Qui sur la terre va descendre,
Vous n'êtes dans mon cœur d'été
Qu'un peu plus d'âpre volupté,
Qu'une plus profonde antienne
Dans mon âme dionysienne,
Qu'un choc de cymbales d'argent
Sur mon désir brusque et changeant.

Et buvant vos ondes sonores
Je m'enivre d'amour encore...

Mais un fantôme est là qui trouble mon esprit,
Je le vois qui s'assoit, qui rêve, qui sourit...
— Dans ce vallon tintant de fraîcheur argentine
J'ai mis mes faibles pas dans vos pas, Lamartine,
Et je vais, le cœur grave et le regard penché,
Sur les chemins étroits où vos pieds ont marché.
Ah ! si lourdes que soient vos plaintes immortelles
Vous avez moins souffert, car vous aviez des ailes.
Vous n'avez pas connu, sur ce montant chemin,
La gloire et la douleur de n'être rien qu'humain,
De n'avoir pour secours et pour lueur divine
Que l'immense soleil qui monte et qui s'incline ;
Si tendre que soit l'or de son visage ardent
Vous ne pouvez savoir comme est soudain strident
Ce besoin que l'on a de ne pas disparaître,
D'être, d'être toujours et sans fin, d'être, d'être !
Vous, dans le matin pur et dans les soirs sereins,
Où, comme de joyeux et graves pèlerins
Alignés saintement sur la jeune verdure,
Le hêtre murmurant, l'orme vêtu de bure,
Les beaux sapins chargés de coquilles de bois
Montent, emplis d'amour, de charité, de foi,
Vers le clocher qui brille au haut de la colline,
Vous étiez un archange orné de paix divine.
Mais moi, dès mon enfance, abîmant ma raison
Aux luisantes parois du muet horizon,

J'ai su que tout désir, tout amour, toute flamme,
S'élançait de mon âme et rentrait dans mon âme,
Que mes dieux sont en moi, qu'ils mourront avec moi,
Qu'un jour mon chaud regard et mon divin émoi
Ne seront que poussière éparse, que poussière !
Hélas ! douleur d'aller s'effaçant tout entière !
Désir de n'être pas de la cendre au tombeau,
De voir encor le jour et le matin si beau,
D'errer dans l'étendue heureuse et sensuelle,
De boire à son calice et de s'enivrer d'elle !...
Ah ! comme tout bonheur soudain semble terni
Pour un cœur sans espoir qui conçoit l'infini...

## C'EST L'ORIENT DANS MA PROVINCE

Le jour est tendre, l'air est chaud,
Le soleil rit de lieue en lieue,
L'azur, sur les maisons de chaux,
Met sa caresse lisse et bleue.

Ah ! que les jardins sont joyeux ;
C'est l'Orient dans ma province,
Les fenêtres ouvrent leurs yeux
· Sous le toit jaune, rose et mince.

C'est le Caire et l'Abyssinie
Dans ma ville aux vergers luisants,
La molle pêche à l'agonie
Fait écumer son tiède sang.

Le figuier, dont la belle feuille
Semble être encore au paradis
Pour qu'Ève tremblante la cueille,
S'englue au soleil de midi.

15

La douce eau contre le rivage
Se caresse nonchalamment,
Comme une amante sans courage
Qui désespère son amant.

Les vibrantes, rouges tomates
Ont de délicats flancs pelés
Où de leur bouche et de leurs pattes
Les frelons demeurent collés.

Et les rosiers dans le parterre
Font avec ces frelons vermeils
Un chant qui ne voudra se taire
Qu'après le coucher du soleil...

— Ah! petite et chaude Savoie,
Jardin de claire volupté,
Toute mon âme vous envoie
Son mortel amour de l'été !

## ENFANCE DANS LA SAVOIE

Il a plu cette nuit, une naïve odeur
Parfume le ciel gris ; un voile d'eau charmante
Sur les vergers emplis de songe et de candeur
Jette sa transparente et vaporeuse mante.

Il fait à peine jour, l'étroite ville dort,
Et j'entends, cependant que des ruisseaux d'air glissent,
Avec un bruit divin de porcelaine et d'or
Une cloche sonner là-bas, chez les Clarisses...

## LA VILLE DE STENDHAL

Un soir d'argent, si beau, si noble,
Enveloppe et berce Grenoble.
Tout l'espace est sentimental.
Voici la ville de Stendhal...

Pendant cette journée entière,
Comme un orage de lumière
Le soleil frappait la cité ;
Maintenant c'est le frais été.

La lune mince, rosé, nette,
Éclaire la place Grenette,
Que l'air est doux ! Dans le lointain
On entend des Napolitains.

Musique brûlante, insensée,
Toute notre âme est renversée,
Et, désespéré de désir,
Le cœur veut jouir et mourir.

Sur les ruelles populeuses
Des globes de lueurs laiteuses
Sont des phalènes nébuleux
Qui font les pavés mous et bleus.

Des bruits troublent l'ombre émouvante,
On entend parler des servantes.
Sous les platanes de l'hôtel
Je pense à vous, Julien Sorel...

Les maisons ferment une à une,
L'Isère tremble sous la lune.
Étiez-vous beau, rude ou charmant?
On vous aimait si fortement !

Vous saviez ce qu'il faut d'offense,
D'ardeur, de défi, de souffrance,
D'orgueil, de pleurs, d'humilité
Aux plaisirs de la volupté.

Venez, j'attends votre visite
Dans cette rue aux Vieux-Jésuites
Où Beyle, étant petit garçon,
S'ébattait devant sa maison.

Comme l'espace est calme et sage,
La montagne de Sassenage
Laisse couler dans le soir frais
L'odeur du ciel et des forêts.

Pourquoi n'est-on jamais heureuse ?
Hier, dans la froide Chartreuse
Qui dort au fond des vallons verts,
Je pleurais sur tout l'univers.

C'était cette fureur profonde
De vouloir posséder le monde ;
Quand on est comme vous et moi,
On est hors du temps et des lois.

Vous aimiez comme je les aime
Le trésor qu'on porte en soi-même,
Le destin qui n'a pas d'égal
Et le beau plaisir cérébral.

Derrière toutes ces fenêtres,
Des êtres vont s'aimer, vont naître ;
O mouvement universel !
Nous serons morts, Julien Sorel.

Tout votre amer orgueil éclate
Dans mon cœur d'ombre et d'écarlate.
Je vous ai bien aimé ce soir
O Julien du Rouge et du Noir...

## LA MAISON DE SYLVIE A CHANTILLY

Après la longue allée où l'Été vert s'élance,
Voici, frappés des flots du rêve et du silence,
La maison, la terrasse et les étangs voisins...
— O Sylvie aux yeux noirs, Félice des Ursins,
C'est ici que sur l'herbe ou dans la salle ronde
Vous avez vu passer aussi les jours du monde !
C'est ici que, songeuse ou triste comme nous,
Vous laissiez s'alanguir vos mains sur vos genoux ;
C'est ici que parfois sensible et pathétique
Pour un peu de parfum, de vent ou de musique,
Vous éprouviez ce mal, ce bien, ce chaud, ce froid,
Ce besoin d'échapper à votre corps étroit,
Qu'ont sur toute la terre, au soir, les jeunes femmes...
L'air charmant fut sur vous comme il est sur nos âmes.
Vous eûtes quelquefois, dans ces chemins dolents,
L'ennui divin des jours trop chauds, des soirs trop lents,
Vous alliez, vous veniez, vous repoussiez la porte.
Vous êtes comme moi, quoique vous soyez morte ;

Si vous vouliez venir je vous reconnaîtrais.
Venez, je vous tendrais les bras, je vous dirais,
Rassurant de ma voix vos surprises extrêmes,
Des mots par qui les cœurs, en tout temps, sont les mêmes
Je parlerais du soir, des fleurs et de l'étang,
Du bonheur qui n'est plus, de celui qu'on attend,
Du printanier matin où le vert paysage
Semble appuyer sur nous son confiant visage ;
Des poètes qui font, par leur désir divin,
Notre passage ardent sur la terre, moins vain.
Vous sourirez alors, songeant à Théophile...
— Mais déjà, vers l'ouest, le soir vient sur la ville.
Vous êtes morte ; hélas ! je n'ai pas ce repos.
Un sang de rose pourpre erre autour de mes os ;
Le plaisir, plus semblable aux larmes qu'à la joie,
M'isole de langueur, me recouvre et me noie.
Ce qui n'est plus n'est plus, pour moi comme pour vous.
Tout mon jeune passé fait trembler mes genoux.
Et sous le vert arceau chargé de clématites,
Je songe au temps, Sylvie, où nous étions petites.
— Pourquoi voulais-je voir ta rêveuse maison
Qui m'emplit de soupirs, de peur, de pamoison,
De cette déchirante et perfide espérance
De retrouver enfin les bonheurs de l'enfance !
— Comme vous agissez sur notre cœur, soudain,
Humble terrasse avec des chaises de jardin...

## UN MATIN A NEUILLY

C'est toujours vous, Printemps, qui me faites du mal...
— Eau légère où le beau soleil baigne son âme,
La Seine, toute molle et glissante, se pâme
Sous les ponts emmêlés d'azur et de métal.

Tout est sonore, et tout est calme et se repose;
L'air jouit du matin et d'un si doux état.
Dans le bourg de Neuilly que Pascal visita
Un vert figuier s'avance entre deux maisons roses.

On ne sait pas d'où vient cette triste langueur.
L'azur est de plaisir et de jeunesse humide,
Le silence est luisant et la rue est torride,
Et moi j'ai tout un deuil blanc et bleu dans mon cœur...

# JOURNÉE A SAINT-CLOUD

Les cieux sont écumeux, azur voilé d'azur,
Mêlé de lait, de lin, de brume, d'argent pur.
Dans le lointain léger, des usines fumantes
Sont les volcans d'encens des collines charmantes !
Sur la terrasse, épais, éployés en arceaux,
Si près de l'infini qu'ils vont y faire un saut,
Portant leurs frondaisons comme une charge auguste,
Guerriers verts dont le cœur est calme, ardent, robuste,
Les marronniers taillés, les ormes fabuleux
Font des arcs de triomphe en l'honneur des cieux bleus !
Ici des bassins noirs et leurs rives de marbre.
L'azur fasciné roule et tombe dans les arbres,
Et l'espace est partout un dôme épanoui.
— Mais quel pesant silence, et quel calme inouï
Dans ces parcs où la brise a ses ailes fanées !
Les roses sont sans joie et semblent surannées.
Des étangs aux coteaux, de l'allée aux talus,
Ce ne sont que secrets et rigides saluts,

Gestes des jours anciens et des pompes cessées...
— Que d'époques d'amour, que de cendre entassées
Dans ces vivants tombeaux, dans ces tombeaux ouverts
Que sont les chemins blancs sous les ombrages verts !
De tant de cœurs fameux, de tant de voix éteintes
Rien ne s'est échappé de ces vastes enceintes.
Le passé rôde au creux des sentiers indécis.
Je respire le temps des sombres Médicis,
De Pierre de Ronsard, du Cardinal de Guise ;
Un amoureux orgueil en mon âme s'aiguise ;
Et je vois doucement, dans ce jardin des rois,
Le soleil se coucher comme au temps d'Henri trois
Sur le feuillage frais, les pelouses et l'onde.
O verdure française, ô noblesse du monde !...

## LA MALMAISON

Quelle paix à la Malmaison
Dans un jour de chaude saison :
Un jour vaste, ouvert, qui s'épanche
Sur la sensible maison blanche...
Deux longues écharpes de fleurs
Déroulent leurs fortes couleurs
Jusqu'au clair portail, qui s'étale
Comme une tente triomphale...
Et puis c'est la paix tout autour,
L'humble action d'un calme jour
J'entends une faux qu'on aiguise,
Le chant des cigales se brise
Sur la pelouse au gazon haut.
Devant la porte du château
Montent, dans l'azur qui halette,
Deux colonnettes violettes,
Petits cyprès de marbre ancien,
Ifs bleus du ciel égyptien,

Si fins dans le soir qui va naître...
Je vois luire à cette fenêtre
Des rideaux de tulle, un fil d'or
Y met un net, un vif décor ;
Mousseline semblable aux treilles,
Sœur du manteau brodé d'abeilles !
Je vois encor, furtivement,
Dans le secret appartement,
Des flambeaux, des muses de bronze,
Doux objets de mil-huit-cent-onze
Que le silence fait languir...
La Malmaison n'est qu'un soupir,
Tout s'y courbe, tout s'y désole
A la douce façon créole ;
C'est un lieu de grande langueur,
Urne pour la cendre d'un cœur,
Élégie, églogue, romance !...
Le soir pulvérisé commence ;
Des vapeurs d'argent, en arceaux,
S'élèvent des fleurs et des eaux.
Parfum de musc, d'héliotrope...
— Ainsi, le maître de l'Europe,
Le Capitaine aux dieux pareil
A vu descendre le soleil
Sur cette petite prairie !
Que l'âme est grave, est attendrie,
Comme l'on accepte son sort
Dans le jardin d'un héros mort ;
Malmaison, hameau de l'Empire,

Où le temps sommeille et soupire,
Où passe, le cœur languissant,
— Aigle morte perdant son sang,
Fantôme de ces verts asiles —
Une Impératrice des îles !..
— Ah ! ces charmilles de lauriers,
Où vous rôdiez, où vous erriez,
Où traînait votre rouge écharpe
O reine, ô joueuse de harpe !
Ah ! ces lauriers où vous veniez
Égarer vos pas dédaignés,
Lasse et plaintive Joséphine,
A l'heure où le jour qui décline
Frissonne comme un vert lézard.
— Ce laurier frôlé par hasard,
Laurier luisant, tendre, champêtre,
Qui rappelait à tout votre être
Le front couronné de César...

# MATIN DANS L'ILE-DE-FRANCE

Ah ! c'est un si petit matin terne et charmant,
Un matin de ciel bas, couleur d'eau, de platine,
Les nuages sont comme un attendrissement
Posé sur la douceur de la terre latine.

L'eau d'arrosage, avec sa vapeur de cristal,
Baigne dans le jardin la pelouse jaunie,
Et fait, sous le ciel gris, le bruit oriental
Des jets d'eau dans la cour d'un palais d'Albanie.

Les vifs hortensias avancent mollement
Leurs lourds paquets de fleurs en rose porcelaine.
Ah ! c'est un jour si bon ! c'est un si doux moment !
C'est tant d'espoir dans l'air, sur les eaux, sur la plaine !

Et l'on est tout à coup heureux comme à neuf ans,
On rit près d'un massif de fleurs tièdes et lisses,
On est soi-même abeille, aurore, brise, vent,
On est un cœur qui va jusqu'au fond des calices,

On est un corps avec des antennes de miel,
Une âme avec des feux, des ailes, des pétales,
On est tout l'univers enivré sous le ciel...
Mais un jour, ce sommeil, dans la terre natale !

III

# LES JARDINS

J'ai mangé un peu de miel
et j'en meurs...

MICHELET.

## LE CALME DES JARDINS

C'est au printemps, le jour se lève,
L'aube répand sa douce sève,
Les jardins, sans souffle, sans bruits,
Ont encor le calme des nuits.

J'ouvre mes yeux comme des ailes :
Les cerisiers sont des tonnelles,
Il semble qu'on voit voltiger
Leurs fleurs au visage léger.

C'est une moiteur d'arrosage
Sur tout le pâle paysage
Où l'oiseau jette un cri charmant
Qui sort du songe lentement...

La pulpe de la giroflée
Et de la tulipe gonflée
Étale sa neuve fraîcheur
Comme une faïence de fleur.

Les jacinthes, molles et belles,
Sont de somptueuses chandelles
Qui brûlent dans le gazon pur
Leur cire de pourpre et d'azur.

O petite pelouse ronde,
Sein délicat et frais du monde,
Je pose ma joue et ma main
Dans ton suave et gai chemin !

De quel délice êtes-vous ointe,
Verdure épaisse, sombre, jointe !
— Le souci éclatant et droit
Comme un jaune soleil étroit

Fait tourner sa douce lumière
Sur la pelouse familière,
D'où fusent des parfums soudains
O cœur fleuri, cœur des jardins !

Un oiseau prend un bain rapide
Et s'échappe, touffu, liquide,
Du naïf et rond bassin d'eau
Où trempe un bouquet de roseau.

C'est un calme qu'on ne peut dire,
C'est à peine si tout respire,
C'est un bonheur tiède, engourdi,
Comme au milieu du paradis.

Un arbre, où le soleil s'incline,
Est bombé comme une colline ;
Chaque feuillage est entouré
D'un plaisir limpide et doré.

Ah ! quel puissant amour ruisselle !
Toute la force universelle
Glisse au jardin et vient baigner
Les feuilles de mon marronnier...

## LE FRUITIER DE SEPTEMBRE

La chaleur voile l'horizon.
Chaleur d'été, molle toison !
L'air est épais, sans nulle fente...
— J'ai quitté l'allée étouffante
Où, comme de vifs tisserands,
Les guêpes des fruits odorants
Élancent bruyamment la soie
De leur active et brusque joie.
J'ai quitté l'allée, et voici
Qu'au bout du sentier indécis
Baigné de vigne-vierge verte,
Je trouve cette porte ouverte :
La bêche, un râteau, l'arrosoir
Sont là, dans la couleur du soir,
Sur le pas de l'humble demeure
Que le jaune soleil effleure...
— Et j'entre dans le frais réduit.
Quelle divine odeur de fruit !

Je suis là, j'hésite, j'écoute.
Nul souffle sous la fraîche voûte ;
Nul son, nul souci, nul débat.
Et c'est un couvent frais et bas,
Une obscure et calme cellule
Où l'odeur de l'été pullule ;
La tiédeur des jardins, des eaux,
Est là, enfermée, au repos.
Paix d'église, candides sommes !
— De naïves poires, des pommes,
O voisinage familier !
Mûrissent loin de l'espalier,
Sur des planches, dans l'ombre vide...
Épanchement mielleux, acide,
Parfum stagnant comme un bassin !
Une guêpe fait un dessin
En épuisant sa douce rage
Sur l'étroit carré du vitrage
Loin de toute âme, de tous bruits...
— O peuple parfumé des fruits,
Vous que le chaud été compose
De cieux bleus et de terre rose,
Vous qui portez réellement
L'aurore dans un corps charmant,
Vous parfums, vous rayons, vous fleuves
De délices fraîches et neuves,
Vous, sève dense, sucre mol,
Nés des jeux de l'air et du sol,
Vous qui vivez dans une crèche,

Petits dieux de la paille fraîche,
Compagnons de l'arrosoir vert,
Des hottes, des bêches de fer,
Gardez-moi dans la douce ronde
Que forme votre odeur profonde !
— Ah ! rêver ici tous les soirs,
Près des paniers, des arrosoirs,
Des doux objets du jardinage !
O souvenirs de mon jeune âge,
Sanglots exprimant le bonheur,
Vous voulez jaillir de mon cœur !
Je vois, je comprends, je devine
La vie aimable, douce, fine
De la nature, du verger
Où le silence vient loger.
J'écarte l'ardeur violente
Par qui ma vie est si brûlante.
— Désirs, allez-vous-en de moi !
Je danse avec les douze mois,
Avec le geai, le rouge-gorge,
Avec les dieux couronnés d'orge,
Avec la cigale au front vert,
Avec tout le ciel découvert
Qu'embaume, si noble, si bonne
La suave et calme Pomone !...

# JARDIN PRÈS DE LA MER

Ah ! que vivre est divin ! L'âpre brise marine
A trempé ce matin les œillets du jardin,
Et dans le doux parterre assoupi, c'est soudain
L'odeur d'un paquebot qui s'en va vers la Chine...

Et rien n'est plus charmant que ce désir qu'on a
Des pays embués de fièvres éternelles,
Quand on est près des lis, du lin, des dauphinelles,
Dans le calme jardin que le ciel nous donna.

## PROMENADE EN ÉTÉ

O familier visage, ô douce intimité
D'un matin frais, ombreux, calme, gris, en été !
Je marche sur le sol sec et poudreux ; la brise
Fait danser et tourner la cosse du cytise.
Beauté des verts jardins près desquels nous passons,
Dans les charmants matins des plus belles saisons!
Jardins que l'on ne voit qu'au travers du grillage,
Et qui semblent soudain plus amples qu'un voyage !
— L'herbe est fraîche, effilée, et pleine de bonheur;
Les rosiers sont sur elle aussi vivants qu'un cœur.
Douceur de ces jardins aperçus, paix légère
Sur les lierres foncés mêlés à la fougère ;
Jardins secrets où tout est heureux ; paradis
Plus près d'onze heures, semble-t-il, que de midi
Tant c'est la matinée et toute sa jeunesse !
Petit jardin silencieux, plein de paresse,
Où l'on ne voit personne, où les chaises ont l'air
De dormir sous un arbre auprès du bassin clair.

De la maison fermée aucun bruit ne se sauve,
La glycine a le poids lustré d'un raisin mauve.
Je regarde le cèdre étendu, vert perchoir
Où les petits oiseaux tournants se laissent choir.
Le toit couleur d'argent, de pigeon, de nuage,
Avance doucement une aile de vitrage,
Et les massifs sont gais comme un cœur soulevé
Par le désir, par le plaisir enfin trouvé !
Il semble que les dieux aient construit là leur tente
Et l'aient abandonnée à son humeur charmante.
Et tout est si soumis, si complaisant, si doux,
Si parfait, si paisible et si content de nous,
Si plein d'une tendresse immuable et subite,
Que je me dis : « C'est là que le bonheur habite ! »
Mais, hélas ! si j'entrais, si je m'asseyais là,
Près du feuillage mol et mince des lilas,
Si mon pied avançait sur le gravier qui glisse,
Si mes yeux pénétraient dans le secret délice,
Si je montais la marche aimable du perron,
Si je pressais cet arbre où grimpe un rosier rond
Qui tourne et fait tomber sa floraison de rêve,
Si je touchais à ce jardin d'Adam et d'Ève,
Si je posais enfin le poids de mon désir
Sur tous ces frais instants qu'il ne faut pas saisir,
Ah ! comme vous seriez rapidement fanée,
Volupté, dont je suis ce matin étonnée !...

## ENCHANTEMENT

Mon Dieu, je ne sais rien, je sais que c'est l'été
    Sur ma province coutumière,
Je sais que je revois, ô jardin de clarté,
    Vos beaux matins pleins de lumière !

Je sais que ma maison, fraîche et peinte à la chaux,
    Si douce sous son toit qui penche,
Est légère et gonflée au cœur du jardin chaud,
    Comme une housse en toile blanche.

Je sais que quand le soir voilé, qui vient de biais,
    Assombrit les ronces ruchées,
L'odeur des seringas et des lis de juillet
    Est sur le vent toute couchée.

Je sais que l'air est lent pendant ces mois d'azur,
    Et tout tremblant d'abeilles noires,
Et que l'univers est, — si liquide, si pur ! —
    Une belle eau qu'on voudrait boire.

Un rosier, ce matin, donne au jardin luisant
    Son amoureuse et fine essence,
Le cœur de chaque fleur répand un tiède sang,
    Je meurs de cette complaisance.

Je meurs de vous, beauté, langueur, ardeur d'été,
    Senteur de ma rose étouffante !
Douceur du prunier bleu, dont les fruits éclatés
    Ont du soleil à chaque fente.

Tout ce qui vit ici, la fontaine, le banc,
    La cloche du jardin qui sonne,
Le délicat cerfeuil qui frise sous le vent,
    Sont pour moi de douces personnes.

— Jet d'eau triste et chantant, verger, touffes d'odeur
    Petit gazon nouveau qui pousse,
Comme vous disjoignez et défaites mon cœur,
    Par vos faibles, fortes secousses !

Je tords les fils de l'air, les franges de l'été
    Dans ma bouche amoureuse et tendre ;
Je ne sais si le jour me donne sa beauté,
    Ou sur mon âme vient la prendre.

— Ah ! comme j'ai tenté, pendant de longs printemps,
    Avec des phrases parfumées,
De fixer la tiédeur, l'ardeur, le goût flottant
    Des choses que j'ai tant aimées,

Mais maintenant, quand luit l'azur triple de Mai,
Mon cœur ébloui veut se taire.
Mourrai-je sans pouvoir dire combien j'aimais
La douce douceur de la terre?.

## INCENDIE DE L'ÉTÉ

Avoir trop chaud, être sans forces,
Respirer sous l'azur, qui fond
La gomme ronde des écorces,
Et le miel au col du frelon !

Refléter, prendre dans sa bouche
L'air piqué par un bec d'oiseau,
Entendre s'irriter la mouche
Sur les vents courbés en arceau.

S'approcher d'un géant feuillage
Qui semble tissé de fraîcheur,
D'eau verte, de vent qui voyage,
Tant il fait d'ombre sur le cœur !

Regarder les cailloux qui dorment
D'où s'élève, soleil d'argent,
La buée arrondie, énorme,
Haleine de l'été songeant,

Voir que l'azur s'ébranle, bouge,
Abonde, accourt de toute part
Pour entourer le laurier rouge
D'un innombrable et chaud regard,

Et soudain, dans le cœur candide,
Accueillir les bruissements
De la foule alerte, rapide,
Des sons et des parfums charmants !

— Guêpe qui semble un peu de sève
S'échappant du cœur des cédrats;
Soleil, pollen, silence, rêve
Bondissement, ruse, embarras

Querelle, ardent enfantillage,
Combat des ailes sur la fleur,
Chaleur du terrain, du grillage,
Du puits, du banc, de la couleur.

Tout le jardin va se dissoudre,
Avec ses cailloux, ses métaux,
Ses pulpes, ses graines, sa poudre,
Son chalet, ses branches, ses eaux,

Avec sa véranda qui brille,
Ses balcons, ses kiosques d'osier,
D'où monte une odeur qui grésille
D'âcre canelle et de rosier !

En vain le beau cèdre s'oppose
A ce torride épanchement,
La chaleur vient bouillir la rose
Qu'il protège d'un bras clément,

Et comme un torrent glisse, écume,
Rebondit du haut d'un cap vert,
La lumière croît, se rallume
En fuyant par l'arbre entr'ouvert.

L'ombre même est du chaud carnage,
Feu compact et dissimulé,
Douce Turque, dont le visage
Est si brûlant, de noir voilé !

Et l'on voit mourir, se réduire,
S'épuiser de force et d'odeur,
Tout le jardin qui semble cuire
Dans l'immense et ronde vapeur.

Il va s'effiler fibre à fibre,
Il ne restera que du bleu,
Air bleu, eau bleue, azur qui vibre,
De tout ce jardin fabuleux...

— Été, combien je vous adore !
Vous êtes la vie et l'espoir,
Vous mettez les feux de l'aurore
Dans les mains divines du soir;

## INCENDIE DE L'ÉTÉ

Été, volcan d'azur, d'arome,
Bataille de graines, d'odeurs,
Danse faunesque sous le dôme
De la torpeur, de la splendeur !

Élans, conflits, brûlante audace,
Guêpe gommeuse, au vert tilleul
Collant sa molle carapace
Et s'engouffrant dans les glaïeuls.

Chant de tambour, chant de cymbale
Du fond des cieux précipité ;
L'abeille, ardente et ronde balle,
Guerrier japonais de l'été,

Semble passer son anneau d'ambre
Aux fleurs qu'elle vient épouser,
Et la fleur s'offusque, se cambre
Sous le fardeau de ce baiser.

Accaparement, cris, victoire,
Froissement, soupirs, doux dégâts.
L'azur se détournant vient boire
Dans les coupes des seringas.

Et c'est la jeunesse, ô jeunesse,
Qui parcourt le vaste horizon,
C'est elle qui baise et qui presse
Le lac, le jardin, la maison,

C'est elle, immense, humble, petite,
Plus fière que les Pharaons
Qui vient bleuir la clématite
Et dorer le cœur des citrons,

C'est elle qui, dans les calices,
Imitant les pesants frelons,
Volette avec un bruit d'hélices,
D'étincelles et de grêlons,

C'est par elle que sur la tige
Sur la pelouse et le rameau,
Un jet d'arrosage voltige
Charmant danseur aux gestes d'eau !

Jeunesse, ô ma chère jeunesse,
Mon sang, ma respiration,
Ma véhémence, ma paresse,
O mon unique passion,

Jeunesse, tempête, cantate,
Calme, sommeil, délassement,
Toi par qui le cœur se dilate
Jusqu'à l'évanouissement,

Ne permets pas que je dépasse
Les jours que tes doigts m'ont comptés,
Mais jetant mon corps dans l'espace
Quand finiront mes beaux étés,

Fais que mes âmes orageuses
Qu'exalte le désir sans fin,
Soient mille cigognes neigeuses
S'étirant sur l'azur divin...

# JARDIN PERSAN

Je rêve d'un jardin, sous ses fleurs expirant,
Près de Baghi-Haram, dans le soir odorant,
Quand un vent tiède, ondé, vient du golfe Persique ;
Jardin près d'un palais orné de mosaïque,
Au temps où les rosiers sont d'ardents bataillons
De pourpre, de parfums, de force et de rayons.
Je serais là ; l'eau douce, opaque, chaude et verte
Luirait, de petits ponts à moitié recouverte.
Je penserais aux jours d'Assuérus, d'Esther.
Une telle douceur persane emplirait l'air
Que tout aurait pour moi, dans l'ombre cramoisie,
Le parfum de santal des beaux bazars d'Asie.
Un blanc jet d'eau ferait, frappant ses petits coups,
Ce bruit qui donne soif et rend féroce et doux.
Je serais le milieu de la beauté du monde.
Un immense repos glisserait comme une onde
Sur mes yeux enivrés d'un lent, d'un calme émoi.
— Mais quand déjà mon ciel est trop divin pour moi,

## JARDIN PERSAN

Quand déjà les rosiers de mes jardins de France
Nous torturent de vague et de tendre espérance,
Quand déjà leur parfum est sur nous si puissant
Qu'on sent les os se fondre et se mêler au sang,
Quand le jaune jasmin enguirlandant la porte
Se coule dans ma bouche et dans mon cœur descend
Jusqu'à ce que je sois brûlante et demi-morte
A force de plaisir, de soupirs et d'encens,
Se pourrait-il vraiment que notre corps supporte
La beauté d'un jardin dans l'empire persan?

## LE VERGER DE LIS

C'est un verger de lis, fleurs vives, blanches, rousses :
Des lis aussi hauts que mon cœur !
Sous un azur sans pli, sans tache, sans secousse,
Uni comme une longue odeur,

Ces lis sont le printemps, et je ne suis qu'une âme
Qui meurt sur leur calice étroit ;
J'enroule, décollant leurs antennes de flamme,
Du sucre humide sur mes doigts.

Ah ! que c'est peu de chose, une âme avide et tendre
Près du peuple ardent et gluant
Des innombrables lis, où le jour vient étendre
Les langes bleus du matin blanc !

Leur sève est un ruisseau baignant leurs longues tiges
D'un courant toujours frais et vert,
On se sent pris d'un triste et languissant vertige
Au-dessus de leurs cols ouverts.

On se sent pris d'une âpre et délirante angoisse
    De ne pouvoir multiplier
Son désir et ses mains autant de fois que croissent
    Des lis blancs dans les prés mouillés

Ah ! pouvoir soulever leur lumineux visage,
    Pouvoir leur parler dans le cœur,
Surprendre en leur calice un végétal ramage,
    Avoir la gloire chez les fleurs !

Casser leur vive tige, et la portant aux lèvres
    Aspirer ce suc et ce vin,
Puis moduler sa joie et ses plaintives fièvres
    Aux trous de ces pipeaux divins.

Il n'est pas suffisant qu'on regarde et qu'on touche
    Les vergers odorants et verts,
Je voudrais n'être plus qu'une amoureuse bouche
    Qui goûte et qui boit l'univers !

# UN JARDIN AU PRINTEMPS

La pensée écartant son aile
Montre le pollen de son cœur ;
Un frelon, trop pesant pour elle,
Fait osciller la douce fleur.

Sous l'aubépine se repose
Un canard laqué, lourd, glouton,
Ses plumes sur sa patte rose
Ont la couleur du hanneton ;

La framboise et la bergamote
Parfument le gosier divin
De fleurs dont la guirlande flotte
Sur l'azur ailé du matin.

Un sapin gonfle son armure,
Son dôme immense et soucieux ;
Cher orgueilleux de la nature,
Comme vous rêvez dans les cieux.

Ah ! que l'étendue est féconde !
Que tout est mol et cotonneux !
Chaque bourgeon est comme un monde
De duvets, de gommes, de nœuds.

Sur l'eau deux cygnes se poursuivent
Et leurs quatre ailes en émoi
Mêlent soudain leurs âmes vives
Qu'exalte le plus doux des mois.

Tout est miroitant, tout est moite,
Les cocons des bosquets futurs
Sont pleins de suc, de franges, d'ouate.
Flocons de garance et d'azur !

O sève rose ! ô sève bleue !
Perles d'amour, miel infini,
Sucre qui fait de lieue en lieue
Luire le globe rajeuni,

Lait bouillonnant au bord des branches,
Sang de cristal, mauve liqueur,
L'urne immense qui vous épanche
N'est pas plus vaste que mon cœur.

Comme la feuille naît sur l'arbre
L'arbre croît sur mon cœur profond :
Je suis l'onde, le sol, le marbre
Qui porte l'azur et le mont !

Et j'accepte qu'un jour mon être
Au sein de l'ombre soit jeté,
Si ma tendresse doit renaître
Dans le Printemps illimité..

## SURPRISE

Je méditais ; soudain le jardin se révèle,
Et frappe d'un seul jet mon ardente prunelle.
Je le regarde avec un plaisir éclaté ;
Rire, fraîcheur, candeur, idylle de l'été !
Tout m'émeut, tout me plaît, une extase me noie,
J'avance et je m'arrête ; il semble que la joie
Était sur cet arbuste, et saute dans mon cœur !
Je suis pleine d'élan, d'amour, de bonne odeur,
Et l'azur à mon corps mêle si bien sa trame,
Tout est si rapproché, si brodé sur mon âme,
Qu'il semble brusquement, à mon regard surpris,
Que ce n'est pas le pré, mais mon œil qui fleurit,
Et que, si je voulais, sous ma paupière close
Je pourrais voir encor le soleil et la rose...

# CHALEUR DANS UN JARDIN

L'air a le goût de l'oranger,
Le soleil de sa jaune flèche
Transperce au milieu du verger
Une rose couleur de pêche.

Le chaud azur est bleu de lin,
La lumière y luit effrénée ;
Un tel jour n'a pas de déclin,
C'est midi toute la journée !

Le silence écrase les bois,
Le noir feuillage des pervenches,
On croit l'entendre quelquefois,
C'est comme un bruit d'abeilles blanches.

Et pourtant sous ce ciel si mol
Une immense et claire énergie
Fait que la huppe prend son vol
Et que la rose est élargie !

Le papillon semble bouillir
Au fond de la cuve azurée
Mais ses deux ailes font jaillir
Une aurore démesurée.

Dans les champs, d'ailes fustigés,
Tout s'ébat, pullule, jubile ;
Les pistils semblent prolongés
Par des flammèches érectiles.

Les hommes sont las, épuisés;
Mais quelle chaude extravagance,
Quel besoin, quel goût des baisers,
Fait que toute la plaine danse !

Chant de fifres, de violons,
Tintement de claires cymbales,
Ardents insectes courts ou longs,
Frelons tassés comme des balles,

Odorante orchestration,
Bacchanale de la prairie,
Calices lourds de passion
Où la cigale gratte et crie !

On voit rouir dans la chaleur
Des gerbes longues, lasses, lâches ;
C'est comme un embarras de fleurs,
D'œillets, de mauves, de bourraches.

Au bord d'un narcisse enflammé,
Ivre d'orgie orientale
Un papillon s'est refermé,
Et pend comme un seul blanc pétale.

La guêpe aux deux ailes de miel
Flotte et tangue, infime navire,
Entre l'immensité du ciel
Et le cœur des fleurs qu'elle aspire.

Ah ! sortons des fraîches maisons,
Ayons l'audace des abeilles,
Courons aux pentes des gazons,
Foulons les sauges des corbeilles !

Prenons le soleil dans nos yeux,
Prenons la chaleur dans nos manches,
Soyons les nymphes et les dieux
De ce dimanche des dimanches !

Les vergers ont des murs d'odeurs
De lis, de pêches, de lumière,
C'est un appartement de fleurs,
C'est une tenture fruitière !

Et pareils à ce laurier blanc
Que presse la nue acharnée,
Distillons notre sang brûlant
Dans l'immense et fauve journée,

## CHALEUR DANS UN JARDIN

Quand même la fureur des cieux
Nous ferait ce front anxieux,
Nous donnerait ces lourds vertiges
Ces bras pendants comme des tiges,
Ce regard fixe, sombre, dur,
Ces soupirs éperdus d'azur
Des esclaves courbés, humides,
Qui bâtissaient les Pyramides,
Et qu'écrasait le bleu tombeau
Du ciel si haut, du ciel si beau!

## LE SOLEIL ABAISSÉ DU SOIR

Le soleil abaissé du soir,
Jaune et luisante renoncule,
Semble glisser, au crépuscule,
De quelque pomme d'arrosoir.

Il semble se mêler au sable,
Aux stores de paille, au gazon,
Au vitrage de la maison
Dans une ardeur inextricable.

L'air est fumant, sourd, fructueux;
L'affolement joyeux des mouches
Enflamme les suaves bouches
Des narcisses voluptueux.

Le frelon noir, plein de lumière
De cils, de soie et de velours,
Tombe d'un balancement lourd
Au cœur de la rose trémière.

Et la guêpe semble vouloir
Faire une couture dorée
A la molle étoffe azurée
Du chaud, du clair, du tendre soir...

## VERGER D'ORIENT

Verger du mois de mai, beau comme un paradis !
Mes yeux sont de surprise et d'extase engourdis.
Je contemple : aussi loin que les regards se glissent
Des pruniers, des poiriers, des amandiers fleurissent,
C'est un peuple odorant, qui respire et s'ébat,
Dont nous ne percevons ni les chants ni les pas.
Et voici, doux arome, heureuse poésie,
Le cerisier charmant, né dans la grande Asie !
Cet arbuste éclatant, éperdu, serpentin,
Jette un faisceau d'éclairs sur le ciel du matin,
Chaque branche d'argent fait un geste de joie,
Brille autant qu'un ruiseau, s'élance, monte, ploie,
S'allonge comme un cygne au col trempé d'odeur !
Des flèches de parfum semblent fixer mon cœur,
Je suis là, défaillante, et je fais mes prières,
Je dis : « Blancheur des fleurs, lumière des lumières,
Miracle, songe blanc, cristal, vase divin,
Loin du faune joueur de flûte, du sylvain,
Je veux vivre au milieu des luisantes allées,

Près des jasmins neigeux et des blancs azalées,
Des clairs camélias, des narcisses, des lis... »
O chasteté païenne, ô pureté d'Isis !
Prêtresse du printemps, je serai recouverte
De cet ombrage blanc où nulle feuille verte
Ne met sa forme aiguë et son obscur éclat.
Beaux arceaux enroulés d'encens, je serai là,
Les deux mains sur mon cœur que le soleil transperce...
Et des anges viendront, deux anges de la Perse
Qui dormaient dans un livre enflammé de rayons,
De beaux anges, ailés comme des papillons.
Ils riront, danseront et joueront de la harpe.
Je les contemplerai, le front sous mon écharpe.
Plus charmants que David, plus doux que Gabriel,
Ils auront des turbans comme des arcs-en-ciel ;
Leurs gestes délicats sur les vertes prairies
Feront, comme un vent bleu, tourner leurs draperies.
Et le soir, allongeant leurs robes sur leurs pieds,
Le visage incliné, les genoux repliés,
Dans le gazon obscur que la rosée humecte,
Ils s'étendront, brillants comme deux grands insectes.
Et le temps glissera, ruisseau d'ambre et de miel,
Sous les arbres divins qui découpent le ciel.
Doux loisirs, oraisons, extase, odeur puissante !
Vie heureuse, limpide, indolente, innocente...
— Mais un jour tout sera si plein de passion,
Si pareil à la douce Annonciation,
Qu'un des anges, brisant ma porte humble et fleurie,
Brûlera comme aux pieds de la vierge Marie...

# LE JEUNE MATIN

Le soleil coule dans le ciel
Et disperse ses jaunes franges,
Le matin de perle et de miel
Semble porté par des mésanges !

Il fait beau de tous les côtés,
L'azur s'étale dans l'espace,
L'air luit, mille petits étés
Au seuil du paradis s'entassent.

Le cerisier porte le poids
De ses futiles roses blanches,
Qui brillent, gonflent, trois par trois,
Sur le bord incliné des branches.

Les jacinthes dans les massifs
Sont des flammes vénitiennes,
Lampions d'un bleu, d'un rouge vifs
Où toutes les abeilles viennent,

Et les arbres semblent plus frais
Qu'une fontaine jeune et verte
Dont le jet joyeux monterait
Jusqu'au fond de l'azur inerte !

Mon cœur, mes doigts, mes yeux profonds
S'entr'ouvrent comme des pétales,
Je suis la tulipe qui fond
Sous la lumière orientale.

Je suis le lilas abrité
Dans le bosquet que l'aube humecte,
Je suis le bourgeon, duveté
Comme les ailes d'un insecte,

Et lorsque je parle aux rameaux,
A l'oiseau glissant dans l'espace,
Nous nous disons les mêmes mots
Et nous sourions face à face...

## UN MATIN

Une verte fraîcheur vient des arbres ouverts,
L'air est sensible ainsi que l'âme et que les nerfs,
Et languit ou s'anime autour des molles roses,
Avec des bonds légers, des soupirs et des poses...
Une guêpe au front bleu, qui danse sur l'étang
Semble un mouvant éclat de soleil crépitant.
Le ciel est d'un si clair, d'un si doux ton d'Asie,
Qu'on le baise des yeux et qu'on le remercie.
Sur l'eau mourante passe et dort un petit pont :
Le feuillage allongé des vernis du Japon
Répand son ombre noire et sa puissante essence.
Le pré gonfle et pâlit de vive jouissance
Quand le soleil l'étreint de ses rayons hardis.
Un massif emmêlé luit comme un paradis
Où les naïves fleurs sont des saintes baroques,
Avec des bonnets clairs, des rubans et des coques.
— Mais pour que se répande un tel parfum d'amour,
Pour qu'une telle fièvre alanguisse le jour,
De quelle passion êtes-vous animées,
O pelouse brûlante, ô roses enflammées ?

## LES PINS REFLÈTENT LES CYPRÈS

Les pins reflètent les cyprès,
La lumière creuse le sable,
L'eau palpite au bord des forêts,
C'est l'allégresse inexprimable !

Un marronnier qui coup sur coup
Fait pleuvoir ses sanglants pétales
Jonche de ses rouges bijoux
Le gravier jaune aux tons d'opales.

Sous le branchage balancé,
Des morceaux d'ombre et de lumière
Dorment comme un couple enlacé
Dans une ferveur familière.

Tombant soudain du ciel ouvert
L'abeille d'or et de bitume
Sur la capucine au cœur vert
Flotte comme une brune écume,

Et l'abeille remonte au ciel
Avec un doux bruit de rouage,
Comme si, sur des rails de miel,
Elle faisait ce beau voyage!

Tout est brûlant, tendre, éclaté,
Tout bourdonne, s'ébat, s'incline.
O divin roulis de l'été !
Mon cœur fond comme la résine...

Je ne vois plus rien, je me meurs.
Cris d'oiseau dans les graminées,
Silence bercé de rumeurs,
O vertige des matinées !

Repos abondant, dilaté !
Tout bleuit dans ta douce haleine,
Paisible et brève éternité
D'un matin en feu sur la plaine...

Et c'est soudain un calme immense, mol, uni,
Où rien ne tressaille et ne passe;
Il semble qu'il n'y ait dans le jeune infini
Que mon bonheur et que l'espace...

## CONTENTEMENT

Tout est beau, j'aime l'univers,
Je goûte avec la même joie
Un frais chemin de sapins verts
Et les blés que le soleil broie.

Tout m'est un bonheur incessant.
Mon cœur par-dessus la colline
S'en va jouant et bondissant,
Je rêve, je sens, j'imagine...

Ce matin, rien qu'en restant là,
Debout dans mon jardin qui brille,
Je vois l'Asie et ses lilas,
Les Florides et leur vanille.

Mon souffle meurt, extasié.
— Mon Dieu je voudrais que la bouche
Des chaudes roses du rosier
Exprime tout ce qui me touche !

Que, tout à coup, dans le jardin
L'on entende, immense harmonie,
Chanter sous le ciel du matin
Toutes ces roses de génie,

Qu'elles disent avec leur voix
De rose rouge ou rose blanche,
Combien est beau ce que je vois
Sous l'azur qui tremble et qui penche.

Qu'il monte d'elles ce beau chant
Dont mes lèvres n'étaient pas dignes,
Et qu'enfin le matin touchant
Soit loué par les fleurs insignes !

— Petit matin vêtu de lin,
La plus gentille Océanide
N'a pas un bleu si clair, si plein,
Si léger, si fin, si candide.

Tant d'azur m'opresse le cœur,
Je crains moins le soir et l'orage,
Petit matin plein de douceur,
Que les caresses de ton âge !

Du moins, sois étonné parfois
Voyant ta joueuse de lyre,
Qu'un petit enfant comme toi
Puisse inspirer un tel délire...

## JE VOUDRAIS FAIRE
## AVEC UNE PÂTE DE FLEURS

Je voudrais faire avec une pâte de fleurs
Des vers de langoureuse et glissante couleur,
Où la rose d'été, l'œillet et le troène
Répandraient leur arome et leur douce migraine ;

Des vers plus odorants qu'un parterre en juin
Où l'on marche en posant sur son cœur une main,
Où, las de la lumière et des herbes trop belles,
On soupire en rêvant sous de larges ombrelles ;

Des vers qui soient pareils à nos premiers jardins,
Où, remuant le sable et les cailloux, soudain
Le paon traînait le beau feuillage de sa queue
Près de la mauve molle et des bourraches bleues ;

Des vers toujours gluants de sucre et de liqueurs,
Comme le doux gosier des plus suaves fleurs,
Comme la patte aiguë et mince de l'abeille
Enduite de miel fin et de poudre vermeille,

Et comme le fruit chaud du tendre framboisier,
Qu'étant petite enfant, mon âme, vous baisiez,
Car vous aimiez déjà les choses de la vie,
Le matin odorant, la pelouse ravie,

Les rosiers emplis d'ombre et d'insectes légers,
L'inexprimable odeur du divin oranger,
Avec le cœur penchant et le fervent malaise
De Sainte Catherine et de Sainte Thérèse...

## LA PREMIÈRE AUBÉPINE

Il faisait frais encor, je ne m'attendais pas,
    Aubépine adorable,
A voir se balancer à l'entour de mes pas
    Ton ombre sur le sable.

Mais j'ai levé la tête, et ta sublime odeur
    Sur mon front s'abandonne.
Juliette n'a pas plus d'amour dans le cœur
    Au verger de Vérone.

Je tremble, je m'arrête et je te tends les bras,
    Vanille sur la branche !
Est-ce donc cette fois que ta langueur fera
    Mourir mon corps qui penche?

Hélas ! on n'est jamais averti contre vous,
    On ne peut se défendre,
Quelles armes prend-on contre un parfum si doux
    Dont le cœur va se fendre?

Et vous avez l'air bon, simple, calme, ingénu,
      Attirant les abeilles ;
On ne peut soupçonner qu'un calice ténu
      Ait des forces pareilles.

Se peut-il, chère fleur, que vous vous complaisiez
      A ce jeu qui transperce ?
Que n'ai-je sur mon cœur un bouclier d'osier,
      Comme un soldat de Perse !

Inépuisable odeur, qui nous lie et nous tient
      Jusqu'à ce qu'on se pâme,
Il n'est pas de plus doux et de pire entretien
      Que d'écouter votre âme.

Ah ! les dieux soient loués ! Vous allez défleurir,
      Car les jours se dépêchent...
Mais l'Amour a déjà, de vos mortels soupirs,
      Enduit ses dures flèches !

# MATINÉE

Le clair matin est une masse
De coteaux, d'azur, de vapeur,
Les oiseaux tombent de l'espace
Comme des moments de bonheur.

Oh ! le désir d'être soi-même
Un frais, aérien objet
Qui goûte la douceur suprême
De voir l'aube à son premier jet !

Être la colline gravée
Sur la turquoise du ciel pur,
Être la rosée enlevée
Par de brusques souffles d'azur !

O fraîche joie, ô nette joie,
Être le doux chant éperdu
De l'oiseau dont le bec s'éploie
Comme un pépin noir et fendu.

Être un peu de la mince trame
D'argent, de lin, de soie en feu
Qui flotte, rayonne, se pâme
Aux mille centres du jour bleu !

Être un petit carré qui luise
Au pavage infini du ciel,
Être un mouvement de la brise,
Un rayon du soleil en miel.

O mort ! vraiment, pourrez-vous faire
Ayant dissous mon corps content,
Que je sois ce que je préfère :
Un éclat d'azur dans le temps...

## JARDIN D'ENFANCE

J'ai respiré le miel, le hashish des étés,
    Des fleurs lourdes et peintes,
Dans un parterre empli de fruits et de clartés
    Comme un jardin des Indes !

Les colombes, les paons, les cygnes, les agneaux
    Interrompaient leur somme
Pour suivre lentement, d'un regard calme et beau,
    La présence des hommes.

Ces bêtes emplissaient de leurs claires couleurs
    Les soyeuses allées,
On les voyait marcher, et glisser dans les fleurs
    Leurs faces étoilées.

Les parfums des buissons, des calices trempés,
    Montaient, flamme infinie,
Et l'on sentait, sur l'air suave, se grouper
    Leur douce compagnie.

— Que de matins passés sur les bords du lac chaud
    Où flottaient, ballotées,
Miroirs glauques et doux, fruit écailleux de l'eau,
    Des carpes argentées !

La bleuâtre chaleur, de ses fortes cloisons,
    Pressait ma joue ardente,
Le sifflet des bateaux jetait à l'horizon
    Sa plainte haletante.

La nue avait parfois tant de sainte douceur
    Pour les yeux qui s'y plongent,
Que l'on pensait pouvoir appuyer sur son cœur
    Ce visage des songes.

Avoir été la vie éparse sous les cieux,
    L'azur, la sève, l'onde !
Hélas ! se pourrait-il que vous brisiez mes yeux,
    O Sagesse du monde ?

# LE CHAUD JARDIN

O mon jardin divin, j'écoute tes parfums
Flottants dans l'air doré qu'aucun geste ne fauche,
Voici l'abricotier, le muguet, l'œillet brun,
A droite les jasmins, et le lilas à gauche.

Sur la pelouse molle où le soir complaisant
Jette ses pâles bras, ton magnolia rose
Est juvénile et beau comme un roi de quinze ans
Qui sait déjà la force et l'orgueil de ses poses.

La sombre giroflée a sa rêveuse odeur
Qui délicatement comme un balcon avance ;
Voici l'acacia penché, dont la langueur
A la lune d'argent chaque nuit se fiance.

Aromes que je sens, que j'entends, que je vois,
Je m'élance, m'arrête, et m'enivre et m'enflamme !
Je souris, je réponds à d'invisibles voix;
O!jeune, jeune Amour, c'est donc ici ton âme !

Bonheur de tous les sens, plaisirs de l'odorat,
Flèches des clairs parfums qui percent un sein tendre,
Qui dilatent la gorge et desserrent les bras,
Et font que tout le corps sur l'amour veut s'étendre...

— Ah ! puisqu'un tel vertige au milieu du jardin
Me rend ce soir pareille à l'hésitante abeille
Qui ne sait quel rosier, quel iris ou quel thym
Plus chaudement l'attend, l'attire et la conseille,

Puisque je puis avoir tant d'âme et tant de feu,
Tant de magicienne et tendre poésie
Qu'on sente s'émouvoir et se parler entre eux
Les pétales des fleurs que mes doigts ont choisies,

Ne viendrez-vous jamais, ô cher bonheur humain
Qui serez aussi beau que mon jardin suave ?
Et ne pourrai-je pas vous prendre dans la main
Pour mieux vous voir, ma Joie ! et pour que je vous boive...

## JARDIN AU JAPON

O beau visage ovale et moite de l'été,
Au milieu du silence et des champs arrêté !
— L'azur luit, l'univers soupire de mollesse,
L'immense oppression des choses monte et baisse,
L'espace est de soleil et d'amour épuisé,
L'indolente journée a ses genoux croisés.
La tortue assoupie erre sur la rocaille
Où le ruisseau bondit sur sa pesante écaille ;
Une servante rôde et prépare le thé
Dans un kiosque léger comme un chapeau natté.
C'est une délicate et suave besogne.
Sur les murs de papier, l'ombre de la cigogne,
Du papillon volant et du vert oranger
Tremble comme un tableau sous un zéphir léger...
Ah ! vivre quelques jours dans ces minces demeures,
Aux branches du prunier, voir s'égoutter les heures,
Errer dans les chemins poudrés de sable doux ;
Les figuiers accroupis nous viendraient aux genoux,

Paysages rampants sous un azur trop vide !
Des enfants danseraient, les pieds dans l'eau limpide,
En faisant osciller, sur leur bouche qui rit,
L'ombrelle écarquillée, astre en papier fleuri...
O nuit d'été, flottant dans les maisons ouvertes !
Parfums aigus, tendus au bout des branches vertes,
Que de corps allongés, que de corps caressés
Sur les tapis de joncs et de bambous tressés,
Tandis que de la basse et nocturne colline
Descend le chant d'une aigre et mince mandoline..
— Mais saurais-je goûter ces repos, cette paix,
Ces jardins, ces ruisseaux, ces bosquets, ces bouquets,
Moi dont le cœur est plein des batailles troyennes
Moi qui tenais les mains du monde dans les miennes,
Et qui parfois, pareille aux naufragés ardents
Qui meurent en serrant les vagues dans leurs dents,
Buvais les flots sacrés des musiques d'orage,
Avec des bonds de joie et des sanglots de rage...

# ÉLOGE DE LA ROSE

Quelle tranquillité dans un jardin, le temps
    Est là qui se repose ;
Et des oiseaux sont là, insouciants, contents,
    Amoureux de la rose,

De la rose charmante, à l'ombre du rosier
    Si mollement ouverte,
Et qui semble la bouche au souffle extasié
    De cette saison verte.

Il fait à peine jour, toute la maison dort
    Sous son aile ardoisée,
Quand les fleurs du parterre ouvrant leur coupe d'o
    Déjeunent de rosée.

De blanches, jaunes fleurs ! c'est un peuple divin
    Parqué dans l'herbe calme,
Le mol acacia fait sur le gravier fin
    Un bercement de palme.

Les fleurs du marronnier, cônes de parfum blanc,
      Vont lentement descendre
Pour entourer les pieds du Printemps indolent,
      D'aromatique cendre.


O douceur des jardins ! beaux jardins dont le cœur
      Avec l'infini cause,
Régnez sur l'univers par la force et l'odeur
      De la limpide rose,


De la rose, dieu vif, petit Éros joufflu
      Armé de courtes flèches,
A qui les papillons font un manteau velu
      Quand les nuits sont plus fraîches.


Rose de laque rose, ô vase balancé
      Où bout un parfum tendre,
Où le piquant frelon doucement convulsé
      Sent son âme s'épandre,


Rose, fête divine au reflet argentin
      Sur la pelouse éclose,
Orchestre de la nuit, concert dans le jardin,
      Feu de Bengale rose !


Rose dont la langueur s'élève, flotte ou pend,
      Tunique insaisissable,
Que ne peuvent presser les lèvres du dieu Pan
      A genoux sur le sable,

Rose qui, dans le clair et naïf paradis
      De Saint-François-d'Assise,
Seriez, sous le soleil tout ouvert de midi,
      Près de sa droite assise !

Rose des soirs d'avril, rose des nuits de mai,
      Roses de toute sorte,
Rêveuses sans repos qui ne dormez jamais
      Tant votre odeur est forte,

Fleur des parcs écossais, des blancs cloîtres latins,
      Des luisantes Açores,
Vous qui fûtes créée avant Ève, au matin
      De la plus jeune aurore,

Rose pareille au ciel, au bonheur, au lac pur,
      A toute douce chose,
Rose faite de miel, et faite d'un azur
      Qui est rose, ma rose!...

## AUBE SUR LE JARDIN

L'aube luit, faible éclat, veilleuse molle, intime ;
Le jardin endormi semble au fond de l'abîme.
Mais voici que paraît, léger, bleu comme un flot,
Le soleil palpitant, contracté, mal éclos.
Et mon immense amour dit aux rayons timides
« C'est vous, splendeur du temps, gloire des Pyramides
C'est vous, guerrier terrible, astre aux poignards hardis,
Vous tout entier azur, tout entier paradis,
Vous, cascade enflammée et toujours contenue
Malgré l'épanchement sans borne de la nue ;
C'est vous, mon seul désir et mon effarement,
Vous, baigné de lait bleu, d'encens tiède et charmant,
Vous, toujours étiré de plaisir ; vous, visage
Qui donnez la lumière et provoquez l'ombrage! »
— Et soudain les buissons dans la brume fondus,
Les gramens délicats, les rosiers suspendus
Que leurs ongles légers accrochent aux murailles,
Le verger qui fleurit, les ailes qui tressaillent,
Les routes, les forêts, les champs ivres d'amour
S'éveillent sous ma main qui bénissait le jour !...

## JE SUIS DANS L'HERBE CHAUDE ET FINE

Je suis dans l'herbe chaude et fine.
Un rosier blanc sur le ciel bleu
Est beau, suave et lumineux
Comme un matin à Salamine !

— Je suis sur le gazon léger ;
Les palpitations du monde
Font entrer dans leur douce ronde
L'odeur des fleurs d'un oranger.

Je ne sais ce que j'aime ; j'aime.
Le lac est en argent tiédi,
Voici venir le beau midi,
C'est un moment d'azur suprême.

Un cèdre noir boit la clarté
Et la répand sur mon visage.
Glissez sur moi, paisible, sage,
O mon voluptueux été !

Hélas, lorsque mes yeux caressent
Le limpide et pâle horizon,
Je rêve d'une autre maison,
D'une autre ardeur, d'une autre ivresse.

O pré dilaté de chaleur,
O matin sucré de framboises,
Que vos tendres réseaux se croisent
Sur l'abondance de mon cœur !

Mais quel enclos et quelle étreinte
Comprimeraient mon vif élan ?
— Le ciel bleu près du rosier blanc
Est beau comme l'air dans Corinthe...

— Reprenez la route de l'eau,
Des infinis et du mystère,
O mon âme que rien n'enserre,
O cœur qui ne veut pas d'anneau !

# LA TUBÉREUSE

Un jardin fait plus mal encor que la musique.
Lorsque le beau matin reluit d'ardeur physique,
La senteur des rosiers jette des fils si chauds
Qu'on entend grésiller un doux bruit de fuseaux.
Les glycines en feu de tant d'odeur sont ointes
Qu'on les contemple en souriant, et les mains jointes.
Le lis tient un miel vert dans ses doigts écartés,
Et quelquefois, pendant la chaleur des étés,
L'arome de l'œillet contre le rêve éclate
Comme une âpre fusée, ou comme une sonate
Dont l'andante est si fort que les mains sur son cœur
On ne sait si l'on meurt de peur ou de bonheur...
Mais vous, force des nuits, feu d'argent, tubéreuse,
Reine des soirs puissants, cœur profond, chair heureuse
Dont le velours est fait de parfums condensés,
Vous, par qui le poumon soudain s'enfle et se creuse,
Abime où vont venir s'exalter vos baisers,
Fleur humide d'ardeur, ô brûlante pleureuse,
Aspersoir dont les brins sont des parfums tressés,
Comme vous absolvez dans la nuit langoureuse
Les âmes sans répit et les cœurs caressés !

## QUELLE DOUCEUR DE MIEL.

Quelle douceur de miel dans les charmants jardins !
Comme un bruit de grenade ouverte, dont les grains
S'élancent un à un et claquent sur du marbre,
Un jet d'eau glisse et tombe à l'abri d'un bel arbre.
Le ciel est une douce haleine de bonheur.
On dirait, tant ce jour semble une fière fleur,
Que nulle ombre ce soir ne le pourra défaire...
Le soleil, choisissant les feuilles qu'il préfère
Les couvre de clartés et d'innocent désir,
Tandis que d'autres sont à l'écart, sans plaisir.
Semblable au poisson bleu sur la vague dormante,
L'hirondelle enfermée en sa petite mante
Fend d'un élan léger l'azur et ses flots d'or.
Tendres voix des oiseaux, qui ne sont pas d'accord,
Qui dans la paix du temps, des limpides minutes,
Installent leurs cris clairs et leurs chaudes disputes,
Et tombent d'arbre en arbre avec des gestes doux,
Comme un cadeau que fait le mûrier au bambou ;

Beau jour plus exaltant, plus apaisant, plus tendre
Que ce qu'une âme auprès d'une autre peut entendre,
Quelle sagesse vient de votre amour sur moi !
Mon cœur enveloppé des trente jours du mois
Est un pistil de rose au milieu de la rose !
Et voici qu'honorant le sang qui me compose
Je tends mes bras, emplis d'un souvenir divin,
Vers les cieux d'Orient, odorants comme un vin,
Où la colombe meurt du parfum de ses ailes...
Ah ! l'aurore embrasant les flots des Dardanelles !

# PETIT JARDIN AVEC UN POIVRIER

Petit jardin avec un poivrier
Assis en France auprès de l'Italie,
Je pense aux jours où vous m'enivriez
D'azur, de rêve et de mélancolie !

Comme le soir vous jetiez sur mon cœur
L'amer parfum des lis, des bigarades,
Quand je marchais en repoussant l'odeur,
Qui revenait comme un flot dans la rade.

Au cercle étroit d'un bassin rond et gris,
L'eau s'endormait, petite eau qui se rouille ;
Et j'entendais monter jusqu'à mon lit
Le chant profond et triste des grenouilles.

Je me levais, je voyais le jardin :
Les beaux cailloux avec leur cœur de pierre
Gisaient en paix sous le ciel argentin,
L'arbre indolent semblait être en prière ;

Les frais parfums s'amoncelaient sur moi,
Tout me disait : « Tu vois, la vie est calme,
Sois comme l'eau, comme le puits étroit,
Comme le lis qui luit, comme la palme... »

Mais rien ne peut nous consoler, les nuits
Où le cœur veut tout ce qu'il imagine.
Vous m'avez fait bien des divins ennuis,
Petit jardin avec des mandarines...

## CRÉPUSCULE DANS LES JARDINS

O divin crépuscule, odeur de roses blanches :
Le soir est du soleil arrêté dans les branches.
Les arbres des jardins épandent leurs rameaux
Et partagent la paix triste des animaux.
Tout est pensif, chargé de désir et de rêve,
Une vapeur descend, une autre se soulève.
L'air a le poids tombant et la force d'un cœur
Qui s'avance, gonflé de pleurs et de chaleur...
Jardin des soirs, détresse ineffable, mystère !
Tant d'humaine langueur qui monte de la terre !
Le tilleul inquiet, l'érable faible et blanc
Font un geste secret, désespéré, tremblant.
Baisant l'acacia, des roses suspendues
Élancent en tous sens leurs bouches éperdues.
C'est partout un soupir de verte humidité...
Ah ! dans la douce enfance, à ces moments d'été,
Quel énervant conseil d'amour, de suicide,
Venait des âcres fleurs, de la pelouse acide !
Quel martyre étouffant, quel regard vers les cieux,
Quel besoin de briser son cœur délicieux,

Quelle ardeur à presser, en pleurant, sur sa bouche,
Ce parfum qui languit, qui tombe, qui se couche.
Que de bruits humbles, doux, qu'on prenait dans son sein;
Un crapaud, en sautant, regagnait le bassin,
Le jardin tout entier était la poésie
De l'Europe, des Amériques, de l'Asie...
Et le cœur puéril, et l'esprit innocent
Sentaient l'instinct brûlant s'éveiller dans le sang;
Hagard, désespéré, haletant, volontaire,
L'enfant cherchait le sens immense de la terre,
Il regardait, craintif, écoutait, inquiet,
Ce que veut la senteur du lis et de l'œillet,
Ce que veut la torride et bleuâtre buée
Qui s'exhalant du sol monte vers la nuée,
Ce que veut, dans le soir aux aromes stridents,
La palpitation des insectes ardents,
Et, subissant la loi qui va jusqu'aux étoiles,
Recevant le pollen du monde dans ses moelles,
Il mourait de sentir s'attacher à son corps
La flèche d'un désir confus, secret encor ;
Du désir mol, épars, saturé de tristesse,
Qui brûle par l'odeur et par le vent caresse,
Qui veille dans la fleur, qui tremble dans l'oiseau,
Qui gonfle l'azur tiède et limpide de l'eau,
Qui surprend la candeur et fait peser sur elle
L'empire illimité de l'ardeur sensuelle,
Et qui courbe un enfant, prêt à s'évanouir,
Sur la tâche du vague et fécond avenir...

# DÉCHIREMENT

Retirez-moi du cœur tous mes jardins d'enfance,
Tout ce qui coule encore de trop tendre en mon sang.
Maintenant que ma vie à sa langueur consent,
Je crains, ô souvenir, votre suave offense.

Les réveils d'autrefois ! lorsque dans les rideaux
Le soleil avivait l'odeur de la cretonne,
Et qu'ébloui de joie et d'azur l'on s'étonne
De revoir le jardin et ses bordures d'eau.

Jardin tout engourdi de silence et de somme,
Où l'arbre est encor plein des frais soupirs du nord,
Où, dans l'air insensible et faible, rien encor
Ne bouge, ne travaille et n'appartient aux hommes.

Jardin fleuri de buis, de verveine et de nard !
— Enfant qui t'asseyais près de l'acanthe bleue,
Ton sort était léger comme le hochequeue,
Mais, ivre d'avenir, tu te disais : « Plus tard ! »

Tu te disais : « Plus tard, quand ce sera la vie !
Quand mes deux mains tiendront le bonheur vague et doux
Quand mon cœur infini, mon front et mes genoux
Seront lourds de trésors et n'auront plus d'envie ! »

Cœur qu'un vent de désir chaque jour déplia,
Tu te disais : « Plus tard, au temps des beaux voyages,
Respirer l'air, soufré par de secrets orages,
Dans des jardins pleins d'ombre et de magnolias ! »

— Enfants, regardez bien toutes les plaines rondes,
La capucine avec ses abeilles autour,
Regardez bien l'étang, les champs, avant l'amour,
Car après l'on ne voit plus jamais rien du monde.

Après l'on ne voit plus que son cœur devant soi,
On ne voit plus qu'un peu de flamme sur sa route,
On n'entend rien, on ne sait rien, et l'on écoute
Les pieds du triste Amour qui court ou qui s'assoit.

— Ah ! si l'on t'avait dit que ce que l'on convoite,
Tandis qu'un beau juillet dehors baigne les prés,
C'est d'être tous les deux, dans l'ombre, à respirer
Les chers secrets dormant au creux des paumes moites.

Pauvre enfant qui jouais ! ah ! si l'on t'avait dit,
Quand ton arrosoir vert inondait les groseilles,
Que tes larmes plus tard, aux gouttes d'eau pareilles,
Crépiteraient ainsi par les soirs attiédis !

Si l'on t'avait appris qu'un cœur toujours malade,
Et blessé chaque soir d'ombre et de volupté,
Ne goûte qu'en mourant l'odeur des roses thé
Dans l'air chaud, remué par les cris des pintades ;

Ah ! si l'on t'avait dit, lorsque sous ton chapeau
Tu riais de tenir du soleil dans tes lèvres,
Que l'été te serait un jour comme une fièvre,
Et qu'enfin ce serait atroce qu'il fît beau !

Chère douleur ! ô seul brisement délectable,
C'est donc vous que du fond des enfantines paix,
Nous attendions, nous appelions, que j'appelais
Quand les trop doux matins défaillaient sur le sable.

Vous par qui l'on sanglote et vous par qui l'on rit,
— Rire d'inconsolable et mortelle allégresse ! —
O douleur, gardez-nous, que nous soyons sans cesse
Renversés en travers de vos genoux meurtris.

Qu'importe l'épuisante et l'ardente démence !
L'âpre gloire se tient près des plus faibles cœurs,
Faisons de notre vie, illustre par ses pleurs,
Une ville bâtie au bord d'un fleuve immense...

# IV

# LA DOULEUR ET LA MORT

> Tu fus toujours ainsi,
> tu t'es toujours approché
> familièrement de toutes les
> choses terribles.
>
> NIETZSCHE.

## OFFRANDE

Mes livres je les fis pour vous, ô jeunes hommes,
        Et j'ai laissé dedans,
Comme font les enfants qui mordent dans des pommes,
        La marque de mes dents.

J'ai laissé mes deux mains sur la page étalées,
        Et la tête en avant
J'ai pleuré, comme pleure au milieu de l'allée
        Un orage crevant.

Je vous laisse, dans l'ombre amère de ce livre,
        Mon regard et mon front,
Et mon âme toujours ardente et toujours ivre
        Où vos mains traîneront.

Je vous laisse le clair soleil de mon visage,
        Ses millions de rais,
Et mon cœur faible et doux, qui eut tant de courage
        Pour ce qu'il désirait.

Je vous laisse mon cœur et toute son histoire,
            Et sa douceur de lin,
Et l'aube de ma joue, et la nuit bleue et noire
            Dont mes cheveux sont pleins.

Voyez comme vers vous, en robe misérable
            Mon Destin est venu.
Les plus humbles errants, sur les plus tristes sables,
            N'ont pas les pieds si nus.

— Et je vous laisse, avec son feuillage et sa rose,
            Le chaud jardin verni
Dont je parlais toujours; — et mon chagrin sans cause
            Qui n'est jamais fini...

# SOIR ROMANTIQUE

Été, j'ai cherché trop longtemps·
· A lutter contre votre grâce ;
Ce soir, mon cœur est consentant,
Je suis voluptueuse et lasse.

Je vais près des obscurs lilas,
Dans l'ombre du marronnier tendre,
·Comme une âme qui dit : « Voilà,
Mon cœur ne veut plus se défendre. »

Tout m'ensorcelle, tout me nuit,
La nue est légère et tremblante.
Le désir, sur la douce nuit,
Glisse comme une barque lente.

Un train passe, brûlant plaisir,
Sa voix transperce l'atmosphère.
Les nerfs brisés l'on veut mourir,
Pourtant l'on veut vivre. Que faire ?

Ah ! je voudrais qu'un jeune cœur
Fût ce soir près de mon épaule,
Il respirerait ma langueur
Plus romantique que le saule.

Je lui dirais : « Ce n'est pas vous,
C'est toute la nuit qui me tente.
C'est elle qui me fait le cou
D'une colombe haletante.

« Vous n'êtes qu'un adolescent,
C'est à la nuit que je dévoile
Mon cœur qui fond, l'or de mon sang,
Et mon corps triste jusqu'aux moelles.

« Tous les arbres sont sensuels,
Toute la nuit est désarmée;
Et ses sanglots continuels
Montent dans le ciel de fumée...

« Voyez comme l'air est fleuri.
Ne dites rien, je ne réclame
Que vous, que vos regards meurtris,
Soyez une âme qui se pâme,
Une bouche pleine de cris,
Et pleurez, mon enfant chéri... »

## LES VIOLONS DANS LE SOIR ·

Quand le soir est venu, quand tout est calme enfin
        Dans la chaude nature,
Voici que naît sous l'arbre et sous le ciel divin
        La plus vive torture :

Sur les graviers d'argent, dans les bois apaisé:
        Des violons s'exaltent,
Ce sont des jets de cris, de sanglots, de baisers,
        Sans contrainte et sans haltes.

Il semble que l'archet se cabre, qu'il se tord
        Sur les luisantes cordes,
Tant ce sont des appels de plaisir et de mort,
        Et de miséricorde !

Comme le rossignol se convulse et se plaint,
        Comme le chien aboie,
L'harmonie amoureuse a des râles câlins
        Et fait hurler sa joie ;

Et le brûlant archet, enroulé de langueur
       Gémit, souffre, caresse,
Poignard voluptueux, qui pénètre le cœur
       D'une épuisante ivresse !

Alors, ceux qui sont là, dans l'odeur de santal
       Que le vent noir déplisse,
Prennent la nuit paisible à témoin de leur mal
       Et de leur long supplice.

Les yeux n'ont plus de crainte, ils veulent du bonheur,
       Ils défaillent, ils flottent,
Nul ne cherche à cacher la plaintive impudeur,
       Tous les regards sanglotent.

Bacchus bohémien ! Dieu des âcres liqueurs,
       Est-ce donc toi qui presses
Ce désir sur les dents, ce citron sur les cœurs,
       Ces vignes de tristesse?

Là-bas l'ombre fraîchit, le ciel est calme et doux,
       C'est l'odeur du feuillage,
Mais un cercle de feu se ferme autour de nous,
       On s'acharne au carnage.

Les lèvres ont ce pli de douleur et de faim,
       Cette humble et pâle extase
Que donne le désir, quand il est comme un vin
       Qui déborde du vase.

Ah ! perfides jardins, qui donc pouvait savoir
    En voyant votre foule
Se grouper mollement dans les bosquets du soir,
    Que c'est le sang qui coule !

Archets ! soyez maudits pour vos brûlants accords,
    Pour votre âme explosive,
Fers rouges qui dans l'ombre arrachez à nos corps
    Des lambeaux de chair vive...

# DÉSESPOIR

Toujours recommencer, et le cœur chaque jour
Plus fortement se penche et descend vers l'amour,
L'univers s'élargit, et l'être davantage
Est altéré d'espoir, de fièvre et de carnage.

Je croyais que la vie apaiserait un peu
Ce besoin de toucher et de goûter le feu,
Cette ardeur à presser, sur le cœur qui s'embrase,
Des odorants bonheurs la suffocante extase.

Mais chaque jour l'esprit plus vivement ressent
La chaleur des soleils qui pénètrent le sang,
Le brisement lascif des chansons sur un golfe,
Le douleur de reprendre et de relire *Adolphe*.

Ce soir, où l'univers est un profond soupir,
Je souhaite du fond de mon âme, mourir,
Et je tends mes bras las vers le beau crépuscule
Qui, brûlant et blessé, vers l'infini recule...

— N'aurai-je donc jamais, soir de printemps trop doux,
A l'heure où vos parfums forment autour de nous
Leur languissante ronde, aiguë, ardente, acide,
La force du paisible et divin suicide ?...

# UN OISEAU LE SOIR

Oiseau désespéré, ne chantez pas ainsi,
Quelle est la volupté qui vous est refusée
Pour que, plein d'un aigu, d'un obstiné souci,
Vous jetiez sous les bois cette ardente fusée?

Dans le plus beau bosquet vous semblez abrité,
Ne chantez pas ainsi sur deux notes dolentes,
Le printemps est déjà si dur à supporter,
Il faut du moins la paix des bêtes et des plantes...

Cessez ce cri plaintif, ce cri trop long, trop fort,
Ne pouvez-vous donc pas contenter votre rêve?
Faut-il que vous soyez un faible et triste corps
Dont le gosier toujours se gonfle et toujours crève?

Oiseau, n'êtes-vous pas heureux chez les oiseaux,
La paix n'habite pas votre mouvant génie?
Vous appelez l'amour comme on appelle l'eau
Dans le désert, dans la chaleur, dans l'agonie...

Cette aubépine est-elle aussi triste pour vous
Qu'elle l'est pour mes yeux assoiffés de torture
Dans ce soir vide, lent, si désolé, si doux,
Dans ce soir où l'on croit voir mourir la nature?

Cher oiseau, quelle ardente image de bonheur
Naît en nous pour un peu d'ombrage et de nuée,
Pourquoi est-on si plein de rêve et de chaleur
Quand la lumière est sur le sol diminuée ?

Espérez, cher oiseau, roucoulez sans fureur,
Peut-être votre douce et démente femelle
Viendra pour vous, par un chemin d'herbe et de fleur,
Séparant l'air touffu des rames de son aile.

Dans le feuillage épais, natté, frais et pesant,
Dans l'aubépine rouge où la fleur écumeuse
Semble s'être baignée aux gouttes de mon sang,
Elle viendra, les yeux brillants, tiède, orageuse.

Oiseaux légers, gonflés, vous baisant et songeant,
Vous frémirez alors sous la courante brise,
Vous serez deux fronts noirs sur la lune d'argent,
Vous serez deux désirs que le ciel favorise.

Mais moi, je n'aurai pas de suffisant émoi,
Je repousse le cœur qui m'attend et m'appelle,
Et je suis cette nuit amoureuse de moi,
De mes yeux sans espoir, de ma voix immortelle...

## LA MUSIQUE PASSIONNÉE

S'il y avait un paradis,
Vous n'y seriez pas, ô Cécile,
Mais, chez les damnés, les maudits,
Chez ceux qu'un grand désir exile,

Chez ces brûlants agonisants
Dont l'âme est rouge et pantelante,
Dans l'enfer d'amour et de sang,
Vous rôderiez, sainte bacchante !

Chez eux vous tourneriez en rond,
Vous logeriez chez ces malades,
Et vous leur baiseriez le front,
O donneuse de sérénades !

Loin de la calme Trinité,
A ces bouches pleines de soufre,
Vous verseriez la volupté
D'un chant qui jouit et qui souffre.

Ah ! que leurs yeux sont éperdus,
Que d'ardeur, que d'effroi physique,
Que de cris, de baisers mordus
Chez ces amants de la musique !

Quelle avide convulsion !
Vous reconnaîtrez vos fidèles
A cette respiration
Ivre comme un battement d'ailes,

Vous les connaîtrez à ces plis,
A ces profondes cicatrices
Que laissent, sur les corps pâlis,
Les musiques provocatrices !

Les danseurs de Dionysos
Et les joueuses de cymbales
Portaient ainsi au fond des os
Des charbons, des flèches, des balles.

Il n'est pas d'innocents accords,
Il n'est pas de sainte harmonie,
L'extase pénètre les corps
Comme une amoureuse agonie.

O Cécile, ô nymphe des cieux,
Est-ce que vos regards se voilent,
Quand nous mourons, silencieux,
De l'âpre langueur de nos moelles ?...

# INVOCATION

Ma ville, écoutez-moi, je chante, c'est la nuit;
Je viens, les bras chargés de tout l'amour du monde,
Et les poëtes morts, dans leur tombe profonde,
Me suivent de leurs vœux et savent qui je suis.

Je suis la sœur du temps, la voix qui continue
Le cri rauque et brûlant au fond des bois jeté,
Les adorations des plantes pour l'été,
L'insatiable orgueil de l'homme vers la nue.

Je suis l'impétueux et douloureux effort
Qui toujours désespère et toujours recommence,
Qui connaît les sanglants regards de la démence,
Qui croit chercher l'amour et ne veut que la mort.

Je suis l'être que tout enivre et tout afflige,
Et dont le cœur parfois si fortement pesa,
Que Samson, soulevant les portes de Gaza,
Semble n'avoir cueilli qu'une fleur et sa tige.

O ma ville, entends-moi, je suis ta Salambô,
Debout, dans l'ombre d'or, sur la chaude terrasse,
A l'heure où le Désir déroule dans l'espace
Les anneaux langoureux de son corps triste et beau.

La sagesse des temps rêve en mon âme ailée,
La lance est sur mon cœur comme un lis dangereux,
Et je lève mes bras vers les cieux ténébreux,
Romantique Pallas de la nuit étoilée !

Je regarde, j'écoute et je n'entends plus rien,
Car tous les bruits mêlés font comme un long silence
Quand le sang est empli de sa haute cadence,
Flots somptueux et lourds d'un lac italien.

Ma mémoire est un beau filet de verte soie,
Où de mols papillons tournent dans des parfums,
Où les jours en allés reviennent un à un,
Où l'ancien verger sous ses abeilles ploie.

Dans mon cœur éclatant où l'univers est pris,
Le souvenir s'ébat comme une main émue,
La feuille du platane incessamment remue,
L'odeur d'un oranger s'élance comme un cri...

Allez ! je ne peux plus vous garder dans mon âme,
Peuples des chauds regrets et des récents émois,
Descendez de ma vie, allez-vous-en de moi,
Redevenez le bois, le torrent et la flamme.

Redevenez la nue errante, le jardin,
Le citronnier verni dont le toit vert embaume,
Le rosier rond plus fier qu'une cité d'arome,
La candeur de l'oiseau et le ciel du matin !

Que la cendre s'envole et redevienne cendre,
Que mon enfance soit mon enfance, et non plus
Ce lourd entassement de tout ce qui m'a plu,
Et que mes doigts en vain s'efforcent de reprendre,

Que les morts soient les morts, que je ne presse pas
Des ombres sur mon cœur en leur disant : « Vous êtes
Mes rêves, mes bonheurs, mes plaisirs, mes tempêtes !»
Que je ne serre plus des tombeaux dans mes bras.

Et qu'alors, délivrée enfin de cette extase,
Ne portant plus le monde à mon corps attaché,
Je puisse aller m'asseoir sous un arbre penché,
Et de quelque eau nouvelle emplir encor mon vase,

Et libre, ayant brisé tous mes divins soucis,
Ah ! que je sois encor, sous l'aubépine heureuse,
Comme une jeune fille émue et curieuse
Qui tressaille d'espoir vers l'amour imprécis...

## DÉLIRE D'UN SOIR D'ÉTÉ

Je vous adore, ô soir dont la blancheur me crible
          De rayons mats et doux !
Onde mélancolique, adagio terrible,
          Soir lointain, soir hindou,

Soir qui faites songer, par l'argentine braise
          De votre passion,
A l'aube vénéneuse, à l'effrayant malaise
          De la création.

Soir aux parois de lisse et laiteuse faïence,
          Veilleuse au mol éclat,
Qui remplit de pensive et pâle défiance
          Les branches du lilas.

Soir de gardénia, soir couleur de fontaine
          Chantant dans le sérail,
Douceur d'Anatolie, arche triste et hautaine,
          Mosquée en blanc corail.

L'air passe entre mes doigts comme dans le feuillage
.           Divisé des bambous,
Je ne sais plus quel jour, quelle saison, quel âge,
            Je suis mêlée à tout...

L'espace est rafraîchi, des zéphirs noirs s'élancent,
            Les sombres éléments
Comme de gais dauphins coulent dans le silence,
            Avec des bonds charmants.

Quelques voix font encore auprès de ma fenêtre
            Retentir leur appel,
Et puis tout cesse ; aucun souffle humain ne pénètre
            Le calme universel.

Une horloge dehors s'ébranle et sonne onze heures,
            Il passe un peu de vent,
Cette horloge a la note indolente et mineure
            Des cloches de couvent.

— Ah ! que j'ai désiré de choses dans la vie,
            Que tout me fut divin !
Que de plaisirs, d'efforts, d'allégresse, d'envie,
            Que de soupirs sans fin !

Que d'espoirs où passaient de brûlants paysages,
            De romanesques chants,
Des doigts fiévreux, mêlés, des sensuels visages
            Sur des soleils couchants !

Azur, ports du Levant, golfes, jonques errantes,
    Parfum dans l'air blotti,
Animales amours, pagodes odorantes
    Des livres de Loti !

Que d'élan, que d'ardeur, de suave indolence,
    D'audaces sans remords,
Que de désir enfin vers le plaisir immense
    Qui ressemble à la mort !

Hélas ! Tous ces souhaits sont restés dans mon âme...
    — Mon cœur, quand vous verriez
Les plus luisants oiseaux éblouir de leur flamme
    L'ombre des camphriers,

Quand vous pourriez goûter la mangue verte ou jaune
    Dont le lait est brillant,
Et respirer l'odeur de santal et de faune
    De l'Extrême-Orient,

Quand vous pourriez pleurer jusqu'à la sombre rage,
    Et voir des autres cœurs
Partager avec vous le sublime courage
    De vos grandes langueurs,

Quand vous seriez semblable au temple qu'on adore,
    Quand votre sort serait
Joyeux comme un enfant qui regarde l'aurore
    Du haut d'un minaret,

Quand enfin, étendu sous l'amoureuse ivresse
    Comme un mort dans la paix,
Vous sentiriez la jeune et puissante caresse
    Vous combler de bienfaits,

Il resterait encore à votre immense abîme,
    A vos larmes de sel,
Ce désespoir, ce mal, cette fièvre, ce crime,
    Que rien n'est éternel...

# EMBRASEMENT

La sensible maison couleur d'ocre et de chaux
Rêve au bord du talus herbeux dans le soir chaud.
Son bleuâtre balcon de bois tiède supporte
L'ombre du figuier vert qui monte sur la porte ;
L'on peut croire que tout est paisible, assoupi,
Tant c'est ici, là-bas, et partout le répit...
Mais voici que surgit du bout de la colline,
Plus vif que l'ouragan, que la brise saline,
Plus luisant que les flots, que l'azur dans les mâts,
Le train noir qui disperse et change les climats...
O train toujours courant, inlassable fusée
Dont la lueur nous frôle et nous est refusée,
Destin noir et pressé qui devances le temps,
Tu cours vers le bonheur tandis que je l'attends !
Tu nargues dans la nuit le corps qui plie et rêve,
Toi qu'un brûlant plaisir étourdit et soulève !
— Beau train, ô mon amour, mon étourdissement,

Nuage palpitant tombé du firmament,
On voit luire la joie à toutes tes fenêtres !
Il semble que ce soit l'espace où tu pénètres,
Dont tu blesses la paix et la douce pudeur,
Qui jette ce long cri d'épouvante et d'ardeur...
Tu passes, et c'est comme une longue traînée
Des images que j'eus depuis que je suis née,
Tout mon rêve éveillé se dénoue et te suit,
Tu me prends avec toi, tu m'étires ; je suis
L'herbage transporté par tes fortes secousses.
Que tes bonds sont puissants, que tes ailes sont douces !
Miroir de la beauté des mondes, à ton flanc
Tu portes l'Archipel, le Maroc vert et blanc,
L'Égypte où l'épervier flotte en fermant une aile,
Les Iles du Bengale et leurs bois de canelle;
C'est toi le noir chaos d'où bondit l'Univers,
Quand on te voit, l'on voit des fleuves bleus et verts,
Et quand je rêve à l'heure où la lune va naître,
Tu fais monter l'Asie au bord de ma fenêtre.
Tu passes, et mon cœur, plein de lampions sur l'eau,
Imagine les nuits luisantes de Tokio,
Tu bondis et ta brise éveille en ma mémoire
Le courant d'air joyeux et fort de la Mer Noire,
Le faîte d'un cyprès sur la lune rangé
Et les soirs turcs avec un caïque orangé...
Tu sens le vent d'Espagne et l'herbe des Siciles ;
Quand sur les pauvres morts, sur les morts immobiles,
Tu vas sifflant, soufflant comme un lourd paquebot,
Jetant tes flots brumeux aux rives des tombeaux,

Entends-tu que leurs os sous la terre tressaillent
Comme les lierres secs sur les vieilles murailles ?
Mais je plains surtout ceux qui, plus morts que les morts,
Voyant les beaux désirs s'éloigner de leur corps
Entendent, dans les soirs où pâlit leur jeunesse
Passer ton cri divin et ta chaude promesse...
— Et moi, moi, quand viendra l'instant paisible enfin
Où je dirai : « Je n'ai plus soif, je n'ai plus faim
Du bonheur, du plaisir, des cris, de la musique. »
Quand enfin sans ardeur et sans fureur physique
Je serai au balcon de la laiteuse nuit
Accoudée, et rêvant sans peur et sans ennui,
Tu viendras, guerrier noir aux redoutables armes,
Et d'un élan brûlant d'où jailliront mes larmes,
Rapide, déchirant, éperdu, sensuel,
Tu perceras mon cœur, comme un profond tunnel...

## PARFUMS DANS L'OMBRE.

Par ce soir fin, traînant et plat,
De la tristesse pleut des branches,
On respire, dans l'air qui penche,
Une odeur de secret lilas.

Ce lilas, derrière les grilles
D'un petit jardin triste et doux,
Donne un parfum plus fort, plus fou
Que ne font toutes les vanilles.

— Lilas qui passerez bientôt,
Votre cœur, plus qu'aucun cœur d'homme,
Vaut qu'on le révère et le nomme
Pour son délire et son fardeau.

Arbre dont le sang se consume
D'amour pour l'air des belles nuits,
Amant plein de divins ennuis
Couché sur l'insensible brume,

Vous qui sentez d'âpres langueurs
Vous percer jusqu'aux tendres moelles,
Et qui jetez jusqu'aux étoiles
Le désespoir de votre odeur,

Vous qui donnez en pure perte
De tels élans, de tels serments,
Et votre fol énervement
Aux brises de la nuit inerte,

Vous dont l'extase est un tel cri
Que le rossignol même écoute
Le sanglot que fait sur la route
Un parfum si lourd, si meurtri,

Voyez comme je suis pareille
A tous vos pétales blessés,
Moi dont chaque nerf insensé
Est plus piquant qu'aucune abeille !

— Ah ! comment ne viennent-ils pas,
Les rêveurs, en pèlerinage,
Ce soir, ainsi que des rois mages,
Vers ma vie et vers ce lilas !

Ah ! quelle insurmontable ivresse,
Dont on n'aurait jamais joui,
O mon lilas évanoui,
Vaut votre odeur et ma tristesse !

Toutes les barques d'Orient
Pleines de roses et d'épices,
Dans l'air suave, ardent et lisse,
Font un sillage moins criant

Que ne fait sur la douce allée
L'arome du penchant lilas,
Et que ne fait dans le soir las
Une âme toujours désolée !

— Ces frissons mous, ces pleurs déments,
Ces jets de soupir et de rêve,
Ce tendre cœur des fleurs, qui crève,
Ces bienheureux titubements,

Ces lacs d'odeur dans les branchages,
Et cette belle humilité
Du soir, molli de volupté,
Qui veut qu'on l'use et le saccage,

Étés ! vous les verrez encor,
Vous en qui l'infini respire,
Mais moi ! qui dira mon délire
Le jour où mon corps sera mort ?...

## DÉSESPOIR EN ÉTÉ

Ah ! j'aurais toujours dû savoir qu'évidemment
Je vivrais dans ce dur et tendre flamboiement ;
Mais chaque fois qu'en mai, par la claire fenêtre,
Le parfum du feuillage et de l'azur pénètre,
Je m'arrête interdite, et n'ayant jamais cru
Que l'été fût si fort, si tendre et si bourru.
Je m'appuie au balcon et mon esprit tournoie
Dans un vertige ardent de folie et de joie ;
Semblable à ces bateaux éperdus, détournés,
Qui luttent sur la vague, et flottent, inclinés
Entre le vent rapide et la vive rivière,
Je marche en me penchant, comme si la lumière
De son heurt formidable, ardent, espiègle et doux
Me frappait, me jetait de côté tout à coup...
Et je vis, étonnée, aveuglée, éblouie,
Sachant bien que pourtant la détresse inouïe
A depuis mon enfance exalté tous mes jours,
Que je l'appelle ardeur, que je l'appelle amour,
Que je n'ai jamais cru qu'il y eut d'autre ivresse

Que la langueur, que la douleur, que la tristesse ;
Que j'ai, petite fille, étrangement haï,
Haï d'un sombre amour, les êtres, les pays
Que je croyais voués à de plus forts délires ;
Je n'ai fait résonner que mes nerfs sur ma lyre,
J'eus toujours peur, quand l'or d'un jour s'évanouit,
De n'avoir pas assez souffert, assez joui,
Je guettais dans la nuit les flèches de l'aurore,
Je criais au matin : « Fais-moi plus mal encore ! »
Mais maintenant ce mal devient si fort, si fin,
Que je me sens mourir de son transport sans fin.
J'avance mes deux mains pour protéger ma vie,
Je regarde si nul Eros ne m'a suivie,
J'ai peur de ce qu'il faut qu'un désir languissant
Répande de soupirs, de sueur et de sang ;
Et redoutant le mal que l'été vient me faire,
Craignant ses sucs de fleurs, sa divine atmosphère,
Craignant son mol azur, ses floconneux remous,
Craignant surtout le soir que mon âme préfère,
Je pose sur l'espace un regard lent, dissous,
Qui dit, comme un reproche humble, soumis et doux :
« C'est vous, triste beauté, c'est vous, c'est toujours vous ! »

## LES MAINS

Mes mains ont la douceur, la tiédeur et l'éclat
    Des sources blanches sous les fraises ;
Elles sont quelquefois comme un bol délicat
    En porcelaine japonaise.

Pour avoir tant touché les plantes des forêts
    Avec des caresses légères,
Elles ont conservé dans leurs dessins secrets
    Le corps des petites fougères.

— Mes mains, pour le plaisir qu'avec vous je cherchais
    En vous enfonçant dans des roses,
Vous êtes tous les jours comme deux beaux sachets
    Où l'odeur du monde repose.

Mais pour les durs tourments que vous avez connus
    En vous appuyant sur ma tête,
Les soirs où notre cœur était saignant et nu
    Ah ! quelle peine vous me faites !

Et vous serez un jour, mes douces mains, mes doigts,
    Glacés comme la blanche opale,
Comme un morceau d'hiver qui meurt au fond des bois,
    Et comme deux petites dalles.

Vous ne tiendrez plus rien, vous en qui le soleil
    Se glissait et se plaisait d'être ;
Vous qui jouiez avec l'aube et l'été vermeil
    Sur le devant de la fenêtre.

Vous qui vous ouvriez comme un bourgeon étroit
    Que l'été gonfle, écarte, écrase ;
Qui fûtes pleines d'âme et d'orgueil, et parfois
    Pleines de petites extases.

— Mes mains qui balancez l'azur, l'espoir, l'effort
    Comme des bourdons bleus qui sonnent,
Et qui servez aussi la Gloire aux lèvres d'or,
    La douce immortelle personne...

## SOIR CANDIDE

Je suis, ce soir, heureuse, indolente, paisible.
L'air est bon. Le vent court et ploie. Est-ce possible,
Ce moment de bonheur, ce moment de répit ?
Ce soir est-il meilleur pour que demain soit pis?
Quelle étrange douleur se prépare et s'avance
Quand on est un instant content, et sans souffrance ?
Le ciel est tendre. L'air transporte les senteurs,
Je reconnais la viorne et le tilleul. Les fleurs
Ont des parfums plus bas, que l'on perçoit à peine,
Et leurs calices sont fermés sur leur haleine.
Comme un puissant oiseau, l'air s'envole des bois,
L'air est noir, l'air est beau, l'air est bon, je le bois.
Toute la fraîche nuit sur mon âme se range.
Le moment est divin. Ah ! comme c'est étrange
D'être calme, assoupi, heureux, et de savoir
Que bientôt, l'on ne sait, peut-être demain soir,
Quand le destin voudra, quand ce sera son heure,
On sera le flambeau brûlant de la demeure,
Que le désir, l'ardeur, monteront flot à flot,

Qu'on sera, des genoux à la gorge, un sanglot,
Que l'on aura pitié de soi-même et du monde,
A force de détresse et de douceur profonde,
Qu'on fixera l'espace, anxieux, étonné
De devoir tant souffrir, de vivre, d'être né.
Qu'on aura soif d'un être, et soif jusqu'à son âme,
Soif qu'il souffre, qu'il saigne et meure, qu'il se pâme,
Savoir qu'on le prendra dans ses yeux, dans ses bras,
Qu'ivre, qu'épouvanté d'ardeur, on lui dira :
« Vous êtes mon azur, mon île, mon Asie,
O mon amour ! ô mon fardeau de poésie !... »
Savoir que l'univers et ses vastes parois
Oppressant nos soupirs nous sembleront étroits,
Et que le cœur alors, dans cette âpre tourmente,
Détruisant tout à coup la mémoire charmante,
En pleurant, jurera n'avoir jamais goûté
Les candides loisirs d'un soir sans volupté..,

# DOULEUR

Je souffre. Le soir est léger.
Il est comme dans mon enfance,
Mais toute l'humaine souffrance
Fane le monde et le verger.

Hélas ! comme le corps est triste !
Quel sombre dieu vient l'étrangler ?
A peine peut-on avaler ;
Pourquoi faut-il que l'on existe ?

Il semble que tout l'univers,
L'odeur, le frisson, le ramage,
Ne sont que la plaintive image
Du sang coulant d'un cœur ouvert.

Des parfums de rose ottomane,
De jasmins, foulés par l'été,
De pollen touffu, duveté,
Tombent comme une molle manne.

# DOULEUR

Voici que court et que descend
Le long de la verte colline,
Frais comme la brise saline
Le vent allègre et nourrissant.

Mais la détresse âpre et puissante
S'allonge en moi, s'étire en moi,
Et fait crier mon corps étroit
Sous sa pression bondissante.

Le cèdre énorme du Liban
N'a pas de plus forte armature
Que cette ineffable torture
Qui m'écartèle au soir tombant.

Je contemple l'ombre, l'érable,
Le temps si beau, le ciel si doux.
Je suis, ce soir, fière de vous,
O ma douleur incomparable !...

## ANGOISSE

Quelquefois la calme beauté
D'un abondant matin d'été,
Ou le vent qui flotte et s'appuie,
Ou la douce odeur de la pluie
S'égouttant au long du raisin,
Ou la gaîté du sarrasin,
Des champs de trèfle, de sésame,
Répandent du calme dans l'âme...
— Mais quand le corps est envahi
D'un deuil oppressant, engourdi,
Quand le poumon ne se soulève
Qu'en portant le poids de son rêve,
Quand tous les bruits de l'univers
Sont un ongle aigu sur les nerfs,
Quand, empli de tendre épouvante,
On est une tombe vivante
Où git, puissant, continuel,
Un dieu sensible et sensuel,
Quand le regard est comme un gouffre,
Et quand c'est tout le sang qui souffre?...

## APAISEMENT

Beau matin courageux, innocent, prêt à vivre !
Le feuillage mouillé semble fraîchement peint,
L'espace en soupirant dans le vent se délivre,
Et l'air a la bonté des fruits, du lait, du pain.

L'air va, l'air vient, pressé, transportant sur ses ailes
La mouche dont on voit luire et gonfler le dos.
Il dérange en jouant les torpeurs sensuelles
Et de chaque branchage enlève des fardeaux.

Et l'étendue heureuse en souffles bleus s'exhale.
Je ne reconnais plus, en me penchant sur eux,
Les arbres, les maisons que la nuit théâtrale
Hier soir rendait fous, mornes, voluptueux.

Ah ! comme l'univers, sous le ciel jaune et rouge,
Hier soir se plongeait dans le cœur un poignard,
Et ce matin ce n'est qu'azur qui brille et bouge,
Que feuillage qui rit, qu'odeur de foin, de nard.

Ce n'est que des appels pour la joie et la hâte,
Que des sources d'air clair entraînant des oiseaux,
Que du soleil mêlant sa tiède et molle pâte
Aux limpides douceurs des jardins et des eaux.

Et la jeune nature a perdu la mémoire
De ses sanglots brûlants, de sa tragique nuit
Où, plaintive, abattue, ardente, âpre, sans gloire,
Elle semblait mourir de son sublime ennui ;

De la tragique nuit où je souffris comme elle,
Où, pareil à son ciel, mon cœur lacéré d'or
Recherchait la douleur, la joie essentielle,
Et méprisait la paix qui s'allonge et qui dort.

Mais, ô matin divin, je suivrai ton exemple,
J'aurai ton front léger, ton regard découvert,
Ton parfum de Sicile aux murs jaunes d'un temple,
Ta bonté, ta candeur, ta gaîté de fruit vert !

Je resterai paisible, indolente, immobile,
Sans chercher à connaître, à réveiller pour moi
Les désirs de Don Juan dans les soirs de Séville,
Et les baisers de Pan qui flambe dans les bois.

J'écouterai, tandis que le temps doux chemine,
Le bruit d'un clair rateau passer sur le gravier,
L'abeille bourdonner près d'une balsamine,
Le vol du roitelet sur mon front dévier,

Et la mort peut venir sans qu'on lutte contre elle,
On n'est qu'une humble fleur qui se brise à son tour,
Quand on a dépouillé la splendeur immortelle
Des tristes voluptés et du terrible amour...

# LUNĒ, ROSE D'ARGENT...

Lune, rose d'argent du pâle paysage,
Que ton trouble charmant, que ton ardent visage,
Que ton faible flambeau me plaisent cette nuit !
L'azur étincelant, le soleil qui reluit
Touchent moins la secrète audace de mon âme,
Que ton front vaporeux de sainte qui se pâme...
Le jeune jour, couleur d'églantine et de sang,
Courait sur les chemins comme un enfant dansant
Qui rit de voir bondir ses pieds nus sur le sable ;
Mais le désir divin, l'ardeur inexprimable,
Le besoin de mêler les sanglots aux baisers,
Les rêves infinis, les cœurs inapaisés,
L'Amour enfin, fougueux et languissant vampire
Qui se nourrit du sang que sa morsure aspire,
Ose mieux confier à ton sein défaillant,
A tes bras alanguis de nymphe d'Orient,
Ses rêves sans espoir, ses fureurs haletantes,
O la plus langoureuse et pâle des bacchantes !...
— Rien n'est secret pour toi du désir des humains ;
Que malgré les regards, les genoux et les mains,
Nulle âme n'est jamais à l'autre âme mêlée,
Tu le sais, ô plaintive et sublime exilée ;

O blanche solitude, île des mers d'en haut,
O marbre aérien, ô pierre du tombeau,
Toi qui silencieuse, éparse, taciturne,
Guettes tous les ébats dans la forêt nocturne,
Ainsi ce n'est donc pas l'instinct farouche et doux
Qui chante, se déchire et se lamente en nous,
Puisque les animaux, joyeux, puissants, agiles,
Goûtent sans désespoir leurs unions fragiles,
Et se quittant après l'enlacement sacré
Poursuivent doucement leur songe séparé...
Mais comme un flot glissant du bord des deux rivages,
Comme un appel montant de l'abîme des âges,
Comme un écho qui vient à l'autre écho s'unir,
Les cœurs voluptueux veulent s'évanouir.
Pourquoi ce goût divin du suprême mélange,
Pourquoi le corps de Pan et les ailes de l'ange,
Pourquoi ce vain espoir, ce délire obstiné,
Le sais-tu, pâle fleur, divine Séléné?
— Combien de cœurs brûlants, combien d'amants sans jo
Qu'un plus amer désir, tente, tourmente et ploie,
Qui refusant la paix ou le plaisir païen,
Souhaitant un plus sombre et plus puissant lien,
S'écartant de l'azur mais ne pouvant descendre
Dans la terre suave où se mêlent les cendres,
Cherchent à composer, par leur regard profond,
Par l'esprit ébloui qui dans l'autre se fond,
— O volupté divine aux humains interdite —
Le fils paisible et beau d'Hermès et d'Aphrodite !...

## LE CONSEIL

Vous qui n'avez aimé que l'été qui vous blesse,
    Les larmes et l'amour,
Comment avez-vous cru que la claire sagesse
    Conseillerait vos jours?

Vous ne fûtes jamais, sous l'arbre de science,
    Que l'Ève aux cheveux longs,
Qui soupire et qui pleure et chante sa romance
    Comme un beau violon.

Que vous importe, hélas, l'humaine connaissance,
    L'effort et la raison,
Vous qui ne demandiez à l'univers immense
    Que quelques pamoisons !

Vous qui n'avez voulu qu'être chaude et contente
    Pendant les soirs de mai,
Et qui cherchiez parfois, au cœur de la nuit lente,
    Quel astre vous aimait.

LE CONSEIL

Vous qui riiez avec de si brûlantes lèvres
    Sous les midis d'été,
Que vous ressembliez à quelque ardente chèvre
    Mordant la volupté !

Ame pleine d'amour, vivez votre jeunesse,
    On est morte si tôt,
On meurt dès qu'on n'a plus ce qu'il faut de caresse
    A l'orgueil triste et beau.

On meurt dès que le rêve, ô promesse divine !
    N'est plus tendre et vermeil,
Comme la rose en feu, comme les mers de Chine
    Où traîne du soleil ;

Quand l'avenir n'est plus un jardin qui s'avance
    Plein de douces odeurs,
Et que le jeune rire et la dansante chance
    S'éloignent de nos cœurs.

— Quel mal vous nous ferez, ô futures journées !
    Que de larmes de sang !
O regrets éperdus ! ô douleur d'être née !
    O tombeau complaisant !

# DESTINÉE

Celles qui veulent bien n'avoir pas de bonheur
S'entretiennent avec leur belle conscience,
Et goûtent le plaisir, le calme et la science
Dans le temple léger et doré de leur cœur.

Mais quand on est la vie et la douceur suprême,
Quand c'est notre sagesse et le plus beau destin
D'être pleine d'azur, de rayons et de thym,
D'être joyeuse, heureuse et malheureuse même ;

Quand, aux instants secrets des crépuscules blancs,
L'âme, toute mêlée à l'univers immense,
Semble, dans son antique et neuve impatience
Attendre le bonheur depuis trente mille ans ;

Quand, tandis que l'on songe au bord de la fenêtre,
L'Été mol et fleuri, et qui ne cède pas,
Dans l'ombre langoureuse avance pas à pas,
Et partout chaudement et fortement pénètre,

Quand on est un jardin enduit de douce glu,
Quand le cœur, plus courbé qu'une branche penchante,
Est une tiède nuit où le rossignol chante,
Quand on étouffe, enfin, et quand on n'en peut plus...

## LA TORTURE

Vaporeuse douceur de l'air tremblant et pur,
Paysage d'été luisant sous ma fenêtre,
Miel du soleil épars sur les coteaux d'azur,
Allégresse du jour léger qui vient de naître,

Ramiers que l'odorant matin stupéfia,
Expansion sans fin du parfum de la rose,
Fontaine verte et d'or du jaune acacia,
Pourquoi nous dites-vous toujours la même chose?

Vous dites : « Les splendeurs du matin clair sont là
Pour que le jeune Adam et l'Ève langoureuse
Reviennent habiter sous les larges lilas,
Près de la source sourde, au fond de l'herbe creuse,

« Les paysages sont de limpides maisons,
Des tentures où l'arbre a des gestes de danse,
Des tapis étendus où les douces saisons
Tournent sur une soie épaisse verte et dense.

« Dans les secrets taillis, dans les herbages longs,
Dans les vivants palais de feuilles, de lumières,
Vous sentiriez frémir, des cheveux aux talons,
L'animale ferveur des passions premières.

« Les graines, les pistils, les pollens exaltants,
Les orages soufrés, les jets de chaude pluie,
L'or mouillé des colzas, les poudres du printemps,
L'oiseau qui sur l'oiseau se caresse et s'appuie,

« La senteur du troène et du marronnier blanc,
L'œillet qui se déroule et donne son essence,
Ne sont que l'âpre appel et le brûlant élan
Du rêve, du plaisir et de la jouissance...

« Ah ! si vous n'aviez pas, mortels las et pensifs,
Déserté la sereine et féconde Nature,
Vous ne souffririez pas des soirs mols et lascifs,
Vous n'endureriez pas cette immense torture,

« Vous ne rêveriez pas, cœurs toujours désolés,
Aux îles de l'Asie, aux rivages mystiques,
Jardins lourds du parfum des ananas mêlés
Aux ébènes en feu des cosses exotiques ;

« Vous ne rêveriez pas aux soirs blancs de Gâlil,
Aux soirs verts de l'Annam, aux soirs mous des rizières,
Où deux amants blessés par l'épuisant exil
Suffoquent en joignant leurs bouches meurtrières.

« Vous ne chercheriez pas, ô mortels impuissants,
A dévorer le vague empire de vos âmes,
A mêler vos regards, giclant comme du sang,
Et d'un goût si cruel que tous les nerfs se pâment.

« Mais les baisers joyeux qu'Aphrodite enseigna
Ne sont plus rien pour vous, voluptueux du crime,
Il vous faut les sanglots du lent assassinat,
Le plaisir qui châtie et froisse sa victime,

« Il vous faut le danger, la détrese, l'effroi,
La lutte, la stupeur que l'ivresse accompagne,
Et que le cœur vaincu ait dans son gouffre étroit
Plus de couteaux plantés que les taureaux d'Espagne!»

# NOCTURNE

Je rêvais sous l'arceau de la nuit claire et lisse ;
        La Mort m'a pris le bras,
Elle m'a dit : Tu bois la vie et ses délices,
        Et pourtant tu mourras,

Un étrange, effrayant et douloureux mystère
        Gèlera tout ton sang...
Ah ! le bruit aplati et lourd que fait la terre
        Quand un corps y descend.

On te laissera là ; peut-être la nuit même
        De cet enterrement,
Sur toi qui fus si douce et d'une ardeur extrême,
        Il pleuvra froidement,

Tu dormiras d'un long, épouvantable somme,
        Qu'aucun songe n'émeut,
Tes yeux qui se couchaient dans le regard des hommes,
        Seront seuls tous les deux.

Tes délicates mains où d'autres mains entrèrent
    Pour de si vifs émois,
Sentiront s'infiltrer quelques grains de la terre
    Par les fentes du bois.


Là-haut, sur la suave plaine, il fera rose,
    Il fera doux et bleu.
Au cœur du lis ouvert, juillet, ô sainte chose,
    Déposera son feu.


Tu dormiras dans l'ombre, et ta petite gloire
    Assise en ce tombeau,
Ne fera pas ta nuit moins secrète et moins noire,
    Ne te tiendra pas chaud.


Aucune fleur ne peut désennuyer les mortes,
    Leur bonheur est cessé.
Celui qui les aimait n'a pas rouvert la porte
    Où elles ont passé.


Il faudrait, pour qu'un peu de plaisir les rassure,
    Que le plus cher amant
Leur dise : « Vois, je viens pour baiser ta chaussure
    Et tes deux pieds charmants. »


Qu'il leur dise : « Voyez, votre chambre creusée
    Plus qu'une autre me plaît.
Ce lit étroit, ce plafond bas, ces mains usées
    Sont ce que je voulais.

« Votre doux, votre long et consentant silence,
        Je l'ai tant désiré !
Maintenant que tu dors, je sais ce que tu penses
        Cœur qui fut trop serré.

« Ah ! comme tu voulais toujours, petite amante,
        Parler et blasphémer ;
Tu pensais que l'orgueil exige que l'on mente
        Dans les instants d'aimer.

« Comme tu me plais mieux avec ton noir visage
        Et ton cœur arrêté,
J'enlace enfin, cher être indéfiniment sage,
        Ce que tu as été.

« Le dévouement d'amour, si plaisant et si tendre
        Tant que ton corps fut clair,
Je te l'offre ce soir, où tu ne peux prétendre
        A nul amour de chair.

« Mais, ah ! quelle rumeur trouble encor notre somme,
        Et rend mon cœur jaloux ?
J'entends, dans l'ombre affreuse et glissante où nous somme
        Les dieux parler de vous... »

## PRIÈRE A PALLAS ATHÉNÉ

O limpide Athéné, déesse de ma race,
Qui tiens la lance aiguë et portes la cuirasse,
Dont le casque, fendu d'un clair regard au bord,
Gonfle et reluit ainsi qu'une montagne en or,
Je t'apporte ce soir ma plaintive tristesse ;
L'été partout s'étire et fond, le soleil baisse,
Les oiseaux, le feuillage et l'univers enfin
Chancellent de désir et de douceur ; j'ai faim
De tout ce qui parfume et de tout ce qui brûle...
Je ne puis plus porter ce divin crépuscule.
Mets ta main sur mon front, que je puisse oublier
A l'ombre de ton frais et large bouclier,
Le rossignol d'Asie et la chaleur des Indes,
Les vérandas, les lourds œillets, les vasques peintes,
Et ces gazons profonds, pâmés comme des lits,
Où les noirs bananiers sont pleins de bengalis...
O Pallas, éloignez votre sœur Aphrodite,
C'est elle la torpeur, la vision maudite,

La cruauté sans peur, sans repos, sans remords,
Le désir du désir et le goût de la mort,
Et l'on défaille hélas! sous son baiser humide...
Mais toi, ta bouche est close et ton grand cœur est vide.
Tes yeux ont la clarté du simple et frais matin,
L'insatiable honneur te fait le front hautain,
Jamais tu ne t'étends, jamais tu ne sanglotes,
L'erreur en te touchant s'évanouit et flotte,
Tu ne ris pas, tu n'as ni désirs ni langueur,
Tant tu ne peux aimer que ton immense honneur.
Par delà les coteaux où dansent tes abeilles
Tu regardes monter la gloire sur Corneille,
Dans ton rêve tranquille, interminable et lent,
On voit passer le Cid, Alexandre et Roland.
Et je brûlais d'ardeur, de rêve, d'indolence,
J'emplissais de sanglots le somptueux silence,
Quand vous m'avez appris, reine du bouclier,
Qu'un cœur voluptueux était un cœur guerrier...
— Déesse un jour, quand Mai rosira les corolles,
J'irai m'agenouiller devant vos Acropoles.
L'azur sera puissant, limpide, radieux,
Ah ! faites-moi mourir sur la terre des dieux !
On mettra dans ma blanche et lumineuse tombe
Des argiles pétris en forme de colombe,
Un miroir enroulé de jonquilles en fleur,
Et l'image d'Eros qui régna sur mon cœur.
Alors, accueillez-moi, déesse exacte et juste,
Dans vos regards sans fin, dans votre empire auguste,
Que je sois, dans la paume heureuse de vos mains,

Une Victoire ailée avec des yeux humains,
Que je voie, au matin, quand les flots bleus s'éveillent,
Des chèvres s'élancer sur les roches vermeilles,
Que le fenouil soyeux, que les menthes du pré
Me donnent leur parfum de miel doux et poivré,
Et que j'erre sans peur, sans reproche, sans rides,
Dans l'immortel azur où sont les Homérides...

## IMPRESSION DU SOIR

Je sens ce soir qu'on peut mourir de poésie.
Le coucher du soleil s'élargit, s'extasie,
Quel rêve brûle en moi ! Comme on est triste et seul
Sous ce voile odorant, sous cet ardent linceul...
En vain je clos les yeux : ô musiques ! lumières !
Le cœur tendre et pâmé se meurt sous les paupières.
Hélas ! que tout est beau pour les sens éblouis !
Douceur de tous les cieux ! Noms de tous les pays !
Un humide bonheur enveloppe la plaine,
Il semble que le soir retienne son haleine.
Je n'entends que l'écho de mon sang diligent.
Le sublime univers est un rocher d'argent
Contre qui mon désir bondit, sanglote et s'use...
O nuit de Bénarès, ô matin de Raguse !
Le parfum des jasmins s'élance à mon côté.
Tu comprends, j'ai le cœur déchiré de beauté...

# LES PINS

Tout l'espace à quinze ans par cette matinée !
C'est une aride joie, épandue, obstinée,
Un bonheur qui s'étend et se creuse sans fond,
Insaisissable ardeur qui renaît et qui fond...
Des pins montent, légers, dans la céleste écume,
Ils jettent leurs caps verts sur cet azur qui fume,
Et je contemple avec un regard transporté
Ces sublimes bacchants dispersés dans l'été !
Leur branchage léger pompe, déguste, aspire
L'éther bleu, grésillant comme une molle cire.
En vain leur tronc rougeâtre est nu, blessé, penché,
Pareil au corps saignant du satyre écorché;
Ils logent la cigale en leur sèche mâture
Et flottent enivrés sur l'heureuse Nature !
Dans les miroitements mobiles du gazon
On croit voir haleter la moelleuse saison,

24

Tandis que rit au bord de l'herbe fatiguée
L'eau pleine de bonheur, l'eau si forte et si gaie...

Être pareille à vous, ô buveurs de l'azur,
Arbres dansants et vifs tournés vers le futur,
Qui malgré la plaintive et la tragique écorce
Jetez votre légère et bondissante force,
Votre allègre désir, votre candide espoir
Dans la nue éclatante, et vous penchez pour voir
Sur les coteaux sacrés de la sainte Sicile
Une chèvre enlaçant un amandier fragile...
— Bel arbre pastoral planant sur l'univers,
Colonne torturée où brûle un bouquet vert,
Ah ! que ma vie aussi comme une aile s'éploie !
Que le lait bleu du jour m'étourdisse et me noie,
Que j'élève un front clair dans les vapeurs du ciel.
— Qu'importe ton destin, ton martyre ou ta joie,
Il s'agit, ô mon cœur, que tu sois éternel !

# DON JUAN DE MARAÑA

Je pense à vous ce soir, don Juan de Maraña,
J'ai tenu tout le jour votre main trop aimée
Et baisé votre front que la rose imprégna,
Dans un livre puissant et noir de Mérimée...

J'ai tout le jour suivi vos pas dansants et forts
Dans Salamanque jaune, odorante et noircie,
Dans les Flandres, où vous chevauchiez sur les morts,
Dans Barcelone, dans Valence et dans Murcie.

Je vous voyais, feignant les larmes, les langueurs,
Couvert de l'or du jeu et de sang qui se glace,
Et lavé chaque soir par la bouche et les pleurs
Des corps voluptueux penchés sur votre face.

Vous alliez, mon amour, charmant comme l'œillet,
Arrachant les barreaux et les serrureries,
Pressant une figure en feu qui défaillait
Et que vous rejetiez quand vous l'aviez meurtrie.

Un jour je vous ai vu monter vers le Carmel,
Les yeux fourbes, luisants, et ravir à Dieu même
La nonne au front trempé d'encens, de miel, de ciel,
Qui vous fuyait, qui vous exècre et qui vous aime...

Puis en tremblant j'ai vu votre songe fumeux :
Le cortège terrible et froid du **Purgatoire**,
Promenant devant vous ses serpents et ses feux
Et vous montrant sa vaste et livide bouilloire.

C'est fini; désormais moine, prêtre, martyr,
Renonçant à la pompe éclatante du vice,
A la nonne qui meurt de votre repentir,
Vous serez, dans un cloître obscur, l'humble novice.

Vous serez un exemple exact et sans pareil...
— Un jour, après midi, que, courbé sur la terre
Vous bêchiez, exposant votre front au soleil,
Dans le triste jardin carré du monastère,

Un homme à vos côtés brusquement s'arrêta,
Sinistre, enveloppé dans un manteau de laine.
— Ah ! quand j'ai vu venir Pietro de Ojeda,
Quand je l'ai vu mêlant la flamme à son haleine,

Quand j'ai vu ce passant, haineux comme la faim,
Vous reprocher le temps de votre âpre folie,
Sa sœur morte par vous, son autre sœur enfin
Nonne mourant d'ardeur et de mélancolie,

Ah! quand j'ai vu, don Juan, mon amour, mon seigneur,
La main de ce guerrier frapper d'un geste atroce
Ton visage, chargé de crimes, mais d'honneur,
Et beau comme la rose au parc de Saragosse,

J'ai senti que ma vie ardente bondissait,
Que nul n'a de pouvoir sur celui qui dans l'ombre,
Jeune, charmant, cruel, recueillait, entassait
Les aveux enivrés des épouses sans nombre,

Et le regard voilé d'angoisse et de pudeur,
N'osant pas respirer sans avoir ta vengeance,
Je n'ai levé les yeux qu'en voyant ta fureur
Punir d'un coup mortel un homme qui t'offense.

— Mais depuis cet instant, je porte sur mon cœur
Comme un triste, orgueilleux et sensuel cilice
L'âpre affront que l'on fit à votre doux honneur,
Don Juan de Maraña, ô le plus beau complice...

# L'ENFANCE

J'étais contente alors, même dans la douleur ;
Mon regard ébloui s'ouvrait comme une fleur.
La nuit, je pressentais l'aurore aux lèvres d'ambre.
Je m'éveillais : j'aimais le papier de la chambre ;
Je cherchais à savoir s'il faisait beau dehors ;
Le soleil aux rideaux collait son masque d'or ;
J'écoutais le chant calme et pesant que module
La forte, l'obstinée et paisible pendule.
Je me disais : « Il est sept heures du matin ;
Ce sera tout un jour à courir dans le thym,
Près du merisier rose et près de la cigale,
Tout un jour à goûter la feuille et le pétale,
A poursuivre la joie autour des rosiers ronds,
A danser dans l'azur avec les moucherons,
A s'alanguir soudain dans les bleus paysages,
En sentant que l'on a le plus doux des visages... »
Je savais ce que sont la paix et le plaisir.
Les cieux semblaient moins longs que l'immense avenir;

Je n'avais de terreur soudaine, de tristesse,
Qu'au moment frissonnant et frais où le jour baisse,
Et je ne croyais pas qu'il y eût d'autre ennui
Que le souci sacré que nous cause la nuit,
Comme aux oiseaux, comme aux buissons, comme aux corolles
Je n'avais pas besoin des êtres, des paroles,
Je m'entendais avec tout l'univers si bien
Que mon bras étendu me semblait le lien
Qui rattache à l'espace une petite fille.
Je me disais : « Je suis ce qui luit, ce qui brille. »
J'avais choisi pour sœur d'ardeur, de vanité,
La rose, qui se croit le milieu de l'été.
Je vivais sans savoir, sans chercher, sans comprendre.
Quelquefois un parfum trop fort, trop lourd, trop tendre
M'arrêtait et semblait crier : « N'avance pas ! »
Odeur pleine d'amour qui brûlait sous mes pas,
S'élançant du gazon, des dormantes corbeilles,
Comme un nuage ardent de flexibles abeilles.
Je tremblais inquiète au milieu du chemin,
Et la bonté du soir me prenait par la main,
Et me rentrait chez moi par la plus douce allée,
Sans que la Volupté m'eût été révélée...
—Candeur d'un cœur d'enfant, regard clair et glacé,
Je vous adore, hélas ! avec un front baissé.
Pourquoi vous êtes-vous pour toujours endormie,
Ma douce enfance? ô mon enfance ! ô mon amie !

## REPROCHE AU PRINTEMPS

Au début du printemps, quand l'herbage est si tendre,
Quand chaque coup du cœur est fier d'avoir quinze ans,
J'allais sur la pelouse obligeante m'étendre
Sous les miroirs polis des feuillages naissants.
Je restais là, le temps me semblait immobile,
La laiteuse buée, épaisse comme un mur,
Enfermait mon visage et mon âme tranquille
Dans un cercle éternel de jeunesse et d'azur.
Et je songeais, tandis que la bleuâtre sève
Des bourgeons supendus enchantait mes regards,
« L'avenir ne peut pas troubler un corps qui rêve
Au fond du pré gonflé de silence et de nards... »
— Vous n'avez pas tenu vos divines promesses,
Beaux cieux si reposants, si candides, si chauds,
Mais chaque jour mon cœur vous trouve encor plus beaux,
Et ma timide main vous flatte et vous caresse,
Tandis que vous glissez jusqu'au fond de mes os
Le mensonge infini d'un azur en liesse,
Voilé par les parfums et par les chants d'oiseaux !

## LES ADOLESCENTS

Je le sais, au moment du tendre jour tombant,
Quand l'heure hésite et tremble avant la nuit prochaine,
Et qu'un vent délicat langoureusement traîne
La branche d'un sureau sur la tiédeur du banc,

Quand le soir est plus las qu'une molle colombe,
Et que l'air est troublé d'un si lourd embarras
Qu'on voudrait soulever et prendre dans ses bras
Toute cette douceur du soir divin qui tombe,

Je le sais, dans ces soirs, petits adolescents,
Oppressés jusqu'au cœur d'un désir sans limites,
Votre angoisse, vos chants, votre frayeur imitent
Les soupirs désolés qui vivent dans mon sang.

Vous regardez autour de vous, cherchant à tendre
Un long filet d'amour sur le bel univers,
Et déjà vous mourez de ce silence vert
Plein des frissons secrets qu'une âme peut entendre ;

Un train passe, et voici que ce sifflet strident ·
Qui s'élance, grandit et disparaît vous tue,
Et dans l'ombre aplanie où toute voix s'est tue
Vous broyez votre espoir immense entre vos dents.

Vous rêvez, vous courez, vous soulevez la tête,
L'espace étant étroit vous cherchez l'infini ;
Alors pareil au vent, à la cigale, au nid,
Mon chant glisse vers vous sa simple et chaude fête.

Solitaires charmants qui rêvez dans un parc,
Enfants que vient blesser la seizième année,
Et qui, lassés des fleurs que vos doigts ont fanées,
Guettez les jeux cruels de la flèche et de l'arc,

Je le sais, vous prenez quelquefois l'humble livre
Où mes luisants rosiers ont toute leur fraîcheur,
Où les chuchotements avides de mon cœur
Sont le vol d'une abeille éternellement ivre,

Et sentant que l'été ne m'est pas plus léger
Qu'il ne l'est à votre âpre et frêle adolescence,
Que je me trouble aussi pour une molle essence,
Pour les mille parfums d'un seul vert oranger,

Parmi tous les errants vous choisissez mon âme,
Vous attirez à vous cette plaintive sœur,
Et les gestes fervents de vos mains sur mon cœur
Sont les soins ingénus que mon laurier réclame.

— Je ne veux rien de plus vivace, glorieux,
Que votre doux appel innocent et champêtre,
Vous qui serez encor quand j'aurai cessé d'être,
Échos de mes plaisirs et reflets de mes yeux !

Pour que vous ne soyez ni craintifs, ni farouches,
Je fais semblant de rire et je parle en jouant,
Et la chère candeur de vos lumineux ans
Boit les gouttes d'un miel qui pleure sur ma bouche.

Adolescents des soirs, que j'aime votre émoi !
Sur mes feuillets ouverts laissez couler vos larmes,
O vous dont c'est la force et l'ineffable charme
D'avoir quelques printemps déjà de moins que moi...

# C'EST VRAI,

## JE ME SUIS BEAUCOUP PLAINTE...

C'est vrai, je me suis beaucoup plainte
De l'amer bonheur de mes jours,
Des étés avec la jacinthe
Qui me brisaient le cœur d'amour.

Je me suis plainte, âpre et pâlie,
De l'univers étincelant,
Et de cette mélancolie
Qui tombe, au soir, d'un rosier blanc.

Je me suis plainte et désolée
De n'avoir aimé qu'en pleurant
La chaude torpeur de l'allée
Où des groseillers sont en rangs.

De ne m'être assise qu'émue
Aux chaises de fer des jardins,
A l'heure où la feuille remue
Son ombre sur les cailloux fins,

De n'avoir, quand le verger brille,
Contemplé, qu'en souffrant de tout,
La paix des doubles camomilles
Dans le massif luisant et doux.

Je me suis plainte, ô Juillet tendre,
Chaque fois que vous reveniez
Vous rafraîchir et vous étendre
A l'ombre du faux-ébénier.

Mais maintenant bien autre chose
Tourmente ce cœur éploré,
Je ramène sur moi les roses
Pour que mon bras soit déchiré,

.Je courbe au-dessus de ma bouche
Tous les vents avec leur parfum,
Afin que mon âme se couche
Dans un arome de miel brun.

Et je ne veux pas d'autre force
Que ma fatigue et son ardeur :
Qu'aucune ombre, qu'aucune écorce
Ne protège un si faible cœur,

Qu'aucune flèche, aucune flamme,
Qu'aucune aride pâmoison
Ne soit épargnée à cette âme
Qui veut défaillir de frisson.

Et qu'aucun clocher dans le monde
Ne soit si haut, ne soit si fort,
Ni si fêlé de lourdes ondes
Que ce cœur meurtri d'échos d'or...

— Ah ! goûter tout ce qui tourmente !
L'été gonflé de lis ouverts,
Et la fraîche odeur astringente
Qui monte, au matin, des prés verts !

Aimer les trompettes, les flûtes,
Être prêt à s'évanouir
Quand le son qui se répercute
Bosselle l'âme de plaisir.

— Ma vie, ô vie ample et facile,
Me pardonnerez-vous cela :
Je ne veux pas être tranquille,
Je vous mènerai, mon cœur las,

Dans toutes les grottes de larmes,
Dans des jardins chauds et glacés,
Et sur des routes de vacarme
Où vos deux pieds seront percés.

Je vous mènerai, chère vie,
Dans de si torrides étés
Que vous crierez, inassouvie,
Et les regards épouvantés.

Ma belle vie échevelée
Si sensible et fine de peau,
Vous serez roulée et foulée,
Vous serez en sang, en lambeaux,

Mais je vous dirai : « O mon être,
Portez mieux ce destin fatal ;
Peut-être il nous reste à connaître
Quelque amour qui fera plus mal...

## LE REPROCHE AUX DIEUX

Comme le fruit doré d'un olivier divin,
Comme un pampre sacré dont on tire le vin
Et qui gémit soudain sous le bois du pressoir,
O mes dieux, vous avez broyé mon cœur ce soir !
Pour quel mystérieux et lyrique breuvage
Qui donne le désir, qui donne le courage,
Avez-vous eu besoin du sang rapide et tendre,
Qui dans mon cœur profond venait luire et s'étendre?...
Hélas ! je respirais votre éther rose et bleu ;
Comme un flambeau joyeux dont vacille le feu,
Mon plaisir innocent, mes chants montaient vers vous,
Et mes doigts joints faisaient de l'ombre à vos genoux...
Vous irritais-je donc, étais-je trop paisible,
Ne vous craignais-je pas, que vous avez pour cible
Cruellement choisi ma vie ardente et fraîche
Et planté dans mon cœur confiant cette flèche?
La fierté que je porte au milieu des humains,
Je ne l'ai pas pour vous, je vous baisais les mains,

O mes dieux ! et, le front pour vous seuls incliné,
J'étais comme une enfant au regard étonné...
Mais puisqu'il vous a plu d'appesantir dans l'ombre
Votre bras sur mon cœur d'où monte un cri sans nombre,
Puisqu'il vous plaît de voir qu'aux larmes je m'abaisse
Moi, nymphe, moi danseuse agile, moi prêtresse,
Puisqu'il vous est, mes dieux, agréable et charmant.
Que je sois comme un arbre orageux et dément,
Et que ne trouvant pas d'humain pareil à moi,
Je sois seule au milieu du plus pressant émoi,
Ah ! laissez qu'étendant mes doigts vers un beau livre
Quand je n'ai plus le goût ni la force de vivre,
Je sente se poser sur ma poitrine amère
La grave main d'Eschyle et du divin Homère...

## O TORRIDES INSTANTS

O torrides instants de mon après-midi !
Faut-il connaître encor ces cuisants paradis :
Bondir chaque matin au cri d'or de l'aurore,
Rêver encor, aimer encor, souffrir encore,
S'avancer en cachant sous le masque des yeux
Les désirs turbulents, brûlants, audacieux !
Tout désirer, vouloir les mondes et les âmes,
Avoir chaud dans la glace, avoir frais dans les flammes,
Et fondre de plaisir comme un flot écumeux
Sous la douceur des cieux éclatants ou brumeux...
— Je sais bien que là-haut, sur la claire colline,
Un visage divin qui sourit et s'incline,
Ton visage, Hélios ! illumine mes pas ;
Mais tu ne peux goûter que les luisants combats,
Tu me lances tes feux en t'écriant : Va vivre !
Hélas ! je vis, toujours errante et toujours ivre,
Je vis, pleine d'azur, de sanglots, de souhaits,
N'ayant craint que la tiède et la timide paix,

Ayant toujours cherché quelque haute montagne
Où le grand flottement de l'aigle m'accompagne,
Ayant fait de ma vie une éclatante tour
Où monte plus d'amour et toujours plus d'amour,
Ayant choisi le sort le plus âpre et farouche
Pour y jeter mes mains, pour y coller ma bouche,
Ayant mis le délire au-dessus du remords...
— Mais vous viendrez, enfin! douce et divine Mort...

## L'IMMORTALITÉ

Je meurs, et sur mes yeux l'on baisse mes paupières
Mais tandis qu'on me met dans mon tombeau de pierres
Je vais, d'un pas furtif, souriant et dansant,
Écartant le sol noir comme un léger encens,
Le regard élargi d'espoir et d'allégresse,
Vers les antiques dieux qui régnaient sur la Grèce..
Et j'arrive, et je vois un temple, un petit bois ;
Une ronde étincelle au loin : ce sont les Mois.
La bleuâtre colline où l'aurore s'ébroue
Semble un navire avec le soleil à sa proue !
Dans cet espace d'or, de lumineux passants
Glissent, tout l'avenir de leur regard descend.
Je vois mes dieux, je suis éblouie, étonnée...
Ils me disent : « Venez, chère ombre fortunée,
Vous qui n'avez cherché que Dieu chez les humains
Reposez-vous ici, donnez vos douces mains.
Voici l'immense azur que votre ardeur appelle ;
Vous serez calme enfin, assoupie, éternelle.

Ah ! comme vous avez soupiré loin de nous ;
Vos rêves haletants tombaient sur nos genoux,
S'abattaient sur nos doigts, colombes effrayées,
Ivres, chaudes, toujours de sang rose rayées...
Que le jour vous fut dur ! que le temps vous fut long !
Mais le plus beau des dieux, Phoibos Apollon,
Levant son bras d'argent d'où le soleil ruisselle,
Écoutait votre chant et nous disait : « C'est elle ! »
Voyez, il est vêtu des flammes de l'été,
Vous êtes lasse, allez dormir à son côté.
La mer étincelante, innombrable, légère,
Est un troupeau d'azur dont vous serez bergère...
Et vous, qu'unit à elle un si tendre lien,
Penchez-vous sur son cœur, Apollon Dèlien !

## CHANT FUNÈBRE

On ne peut reculer, le temps veut qu'on avance ;
Depuis le lumineux instant de la naissance,
Au travers des jardins, des plaines, du verger,
Par les soirs oppressants, par le matin léger,
Le cœur, empli d'un fort et clair enthousiasme,
Enfiévré de plaisir et joyeux de son spasme,
S'élance dans la vie et bondit vers la mort.
Et l'azur dit : encor ! et le cœur dit : encor !
— Et tandis que l'on va vers le printemps qui germe,
Le temps derrière nous soigneusement se ferme,
Et soudain, sur le bord du gouffre étroit et noir
On arrive, ô soupirs ! ô pleurs ! ô désespoir !
O lamentation ! ô colère ! ô prière !
On ne peut s'évader, se jeter en arrière,
Nul bras levé vers l'aube et vers le jour si beau
N'empêche que le sort ne nous pousse au tombeau.
Ceux qui baisaient la vie et souhaitaient l'orage,
Ceux qui, pleins d'un joyeux et confiant courage

Montaient à la rencontre auguste du destin,
Quitteront à jamais la douceur du matin,
Et s'étendront aussi dans la paisible arène
Où le cèdre odorant, le cyprès noir, le frêne,
Les tilleuls dont l'ombrage est percé de rayons,
De nos midis d'été robustes compagnons,
N'avancent qu'en tremblant leur racine rampante...
Hélas, être couché dans la mort, sur la pente
Qui chaque jour descend plus au fond de l'oubli,
Dans cette ombre où le front des dieux même est pâli...

Qu'importe ! c'est le jour, voyez, l'herbe est divine,
Le soleil de Juillet brûle au ciel et s'incline,
Visage qui se penche et regarde en riant,
Le monde est enivré, c'est partout l'Orient !
Les bosquets amoureux mêlent leurs feuilles lisses,
Tout s'ébat et tout vit, ô puissantes délices !
Les êtres, sans penser qu'un tel jour finira,
S'élancent en pressant le bonheur dans leurs bras...
— Mais pendant que l'azur est comme un lac immense,
Pendant que tout s'éveille et que tout recommence,
Que je sens ruisseler sur mon cœur âpre et pur
Vos chants mystérieux, Cantates de l'azur !
Pendant qu'ivre d'espoir, de hâte, de jeunesse,
On veut qu'un plaisir passe et qu'un autre renaisse,
Pendant que l'air divin est si clair, est si beau,
Hélas ! ô jour sacré, nous courons au tombeau ;
Nous quittons vos rumeurs, votre vent salutaire,
            Douce surface de la terre !

## L'ORGUEILLEUSE DÉTRESSE

Nature, je n'ai pas peur de mourir ; mais vous,
Quand vous aurez fermé mes yeux puissants et doux,
Quand vous m'aurez couchée au fond de votre terre,
Quand je serai vaincue enfin, et solitaire,
Quand vous n'entendrez plus le sanglotant accent
Qui montant de ma bouche et montant de mon sang
Couvrait l'air, le soleil, la lune, l'amplitude,
Quels seront vos ennuis et votre solitude !
Je sais que d'autres voix diront l'or, la beauté,
Les fraîcheurs, les moiteurs divines de l'été,
Le liseron qu'un jour de juillet décolore,
La capucine avec son gosier plein d'aurore,
Les jardins où la nappe errante des rayons
Se pose sur la rose et les blancs champignons,
Les jardins si remplis de paix, de complaisance
Que c'est toujours la joie et toujours notre enfance.
Mais jamais un plus triste et plus brûlant désir,
Nature, ne viendra vous presser à loisir,

Jamais un appétit si gourmand et si fourbe
Ne boira l'eau gommeuse aux fentes du lis courbe.
Jamais des yeux n'auront si chaudement jeté
Un tel réseau d'amour sur l'ondoyant été,
Sur le miracle bleu des lacs, de la campagne...
En vain le réséda, la verveine d'Espagne,
L'œillet sauvage avec ses duvets et ses cils,
Le frelon noir qui flotte au milieu des persils,
Les muguets dont la frêle et subtile capsule
Enferme du parfum qui perle au crépuscule,
Embaumeront les bois, les plaines et les cieux :
Vous n'aurez plus ma voix, vous n'aurez plus mes yeux!
Je n'irai plus dans l'herbe odorante, confite,
Me prosterner, comme une ardente carmélite ;
Je n'écouterai plus, dans le soir faible et gris,
Les papillons velus et les chauves-souris
Heurter de leur front mol la froide tubéreuse.
Je ne veillerai plus la fontaine peureuse,
Je n'entourerai plus d'un amour familier
Les fruits qui sont craintifs, la nuit, sur l'espalier.
Ne serai-je donc plus ce cœur pensif, qu'emplissent
Les parfums du laurier, des mauves, des mélisses ?
Ce cœur pour qui, le soir, les elfes clairs et fols
Buvaient furtivement le lait des tournesols ;
Ce cœur qui respirait, jusqu'aux douces syncopes,
L'odeur des écumeux et noirs héliotropes,
Et qui, dans la nuit pâle et plaintive, parfois
Crut entendre l'éveil, crut entendre la voix,
Crut entendre la peur, la hâte, le vertige

Des fleurs qui, pour s'aimer, s'arrachent de leur tige?
Ce cœur qui, dans la paix odorante du parc,
Épiait les pas sourds d'Eros traînant son arc,
Et qui, sachant que tout est pourtant éphémère,
Creusant à l'infini sa nostalgie amère,
Implorant jusqu'aux cieux l'éparse volupté,
Près du platane bleu, près de l'urne de pierre,
Ivre d'espoir, ivre d'amour, ivre d'été,
Mettait dans son désir toute l'éternité !...

# STANCES

*A Anne-Jules de Noailles.*

Mon enfant, vous marchez dans les mêmes chemins
    Où j'allais à votre âge,
Les herbes ne sont pas plus basses que mes mains
    Et que votre visage.

Vous croyez que le vent et les vagues de l'eau
    Sont les seules tempêtes,
Il est des cris plus longs et des plaisirs plus beaux
    Que le ciel sur nos têtes.

Tout vous est incertain et tout vous est réel,
    L'âme et l'azur des sèves ;
Un jour vous ne tiendrez que le miel et le sel
    Des larmes et des rêves.

Ces rêves si dolents, si tendres et si durs
      Dont je suis comme morte,
Mon enfant, entreront chez vous malgré le mur,
      Les rideaux et la porte.

Même si je restais auprès de votre lit
      Et contre vos fenêtres,
Je n'empêcherais pas que le soir amolli
      Arrive et vous pénètre,

Même si je mettais sur vos yeux mes deux mains,
      Vous sentiriez l'espace
Empli des lourds désirs et du sanglot humain
      De toute votre race.

Votre cœur est plus frais que celui des lis gais
      Et de la jeune abeille,
Mais un jour, vos chers poings ardents et fatigués
      Presseront votre oreille :

Ce sera le geste âpre, aride, épouvanté,
      Qui s'irrite et qui jure,
Dont mes doigts, chaque fois que revenait l'été,
      Déchiraient ma figure.

Pareille à vous, j'étais, dans le matin uni,
      D'une faiblesse extrême,
Quand je me suis blessée à ce mal infini
      Qui nous vient de nous-même ;

Et peut-être aurez-vous, un jour proche et doré,
Cette ardente secousse,
Puisque tout mon passé, malgré vous, est entré
Dans vos veines si douces...

## NATURE QUE JE SERS...

Nature que je sers avec tant de courage,
Je veux te rendre enfin un plus touchant hommage,
Et dire, ivre d'odeur, de soleil et d'azur,
Quelle flèche a percé mon cœur brûlant et pur.
Je veux dire avec quelle épuisante tristesse
J'ai chanté ton plaisir, ta joie et ta jeunesse,
Car, louant et baisant ton éclatant décor,
Je sais bien que c'est toi la détresse et la mort.
— Quand la tulipe gonfle et que l'épine est blanche,
Quand l'acacia tend du geste de sa branche
Une grappe qui semble être un lampion fleuri,
Quand l'herbe a des parfums émouvants comme un cri,
Et que ta plaine verte, heureuse, reposée,
Semble goûter l'azur et boire la rosée,
Je sais qu'un peuple immense en ton ombre descend,
Te nourrit de sa chair et t'abreuve de sang...
— O bacchante insensible, ô riante faunesse !
Je sais que mon enfance et ma jeune jeunesse

Ont disparu là-bas, dans l'herbe, avec les morts.
Je sais que sans loisir, sans trêve, sans remords,
Tu jettes des héros dans ton ombre profonde.
Tout ce qui fut la joie et la beauté du monde
Est devenu le sol humide de tes bois.
Des empires sont morts et sont rentrés en toi.
Partout où le pied pose, où la main veut s'étendre,
On sent s'évaporer une funèbre cendre.
Telle que je te vois, tu ne peux consoler :
Tu fais mugir tes flots, tu refuses ton blé,
Et détournant tes yeux d'une âme qui t'implore,
Tu ne veux que fleurir et que jouir encore,
Tu n'as de tendres soins et de suavité
Que pour ton éclatant et ton impur été...

Mais alors, quelle avide et chaude complaisance !
Tout s'empresse, tout luit, tout chante, tout s'élance !
Lumineuse fraîcheur des bondissants matins,
Gaîté de la rosée au cœur des lauriers-thyms !
Les pins disciplinés, graves, emplis de force,
Sont au bord de la mer comme un temple d'écorce.
Quel feu ! que de parfums jusqu'au ciel étagés,
L'amour dans chaque fleur, dans chaque fruit logé.
Quel délire glissant du verger au bocage !
L'oiseau semble une feuille, et la feuille, un plumage.
Le ramier langoureux caresse son sérail,
La fleur ouvre à l'insecte un gosier de corail.
Le tilleul, le bouleau, les platanes, les frênes,
Au vent voluptueux livrent leurs molles graines,

Tandis qu'on voit briller et s'émouvoir plus bas
Le feuillage du buis, du chanvre et du tabac.
La brise est une barque errante qui transporte
Des amoureux désirs la brûlante cohorte.
La biche aux yeux d'émail soupire au fond des bois,
En renversant le cou, comme un oiseau qui boit.
Et le cœur, le cœur triste et mystique des hommes
Est pris dans cet azur, dans ce miel, dans ces gommes...
Combien de fois a-t-on souhaité de mourir
Pour échapper au sombre et déchirant désir
Qui vient du soir luisant, des eaux, de la verdure?
Mais vous ne lâchez pas les jeunes corps, Nature !
Vous les gardez, vous les baignez d'embrassements
Vous groupez, vous mêlez, vous joignez les amants,
Vous leur faites plaisir au milieu des tortures,
Vous riez, vous semblez les protéger, Nature !
Vous leur cachez la peur, le mensonge et la mort,
Vous parfumez leurs mains, vous brûlez sur leurs corps,
Jusqu'à ce que dans l'ombre épaisse de vos voiles
Un peuple naisse, ainsi qu'un million d'étoiles...
— Hélas ! c'est donc ta seule et grave volonté
La Volupté, l'immense et triste Volupté !

## MES VERS, MALGRÉ LE SANG...

Mes vers, malgré le sang que j'ai mis dans vos veines,
Malgré l'exacte odeur de l'aube et de la nuit,
Malgré vos clairs étangs où tout l'azur reluit,
Et vos trente jardins de lis et de verveines,

Malgré vos vêtements, d'or et d'argent rayés,
Vos yeux plus complaisants, plus ivres de parade
Que dans les soirs d'été ne fut Sheherazade
Près du morne sultan qu'il faut émerveiller,

Malgré vos fleurs de mai dont chaque brin se pâme,
Malgré les fruits, le vent, le miel des douze mois,
Malgré tout ce torrent qui coule en vous de moi,
Qu'avez-vous fait du suc et du sel de mon âme?

De ces désirs, ces cris, ces éblouissements,
Si tendres, si joyeux, si tristes, si sensibles
Qu'un autre être que moi ne les croit pas possibles
Et s'il portait mon cœur mourrait d'épuisement?

26

O mes vers assoupis vous n'êtes pas moi-même,
Vous avez pris ma voix sans prendre mon ardeur,
Les plus longs aiguillons sont restés dans mon cœur
Et nul ne saura rien de ma force suprême.

Ah ! pour vraiment goûter mon ineffable émoi,
Pour connaître mon âme et ce que fut ma vie,
Il faudrait que l'on m'eût, dans les chemins, suivie,
A l'heure, ô Poésie, où vous naissiez de moi !

A l'heure où mes mains sont au niveau des monts roses,
Où mon front lumineux est à l'azur pareil,
Où je vois à la fois la lune et le soleil
Dans le palais secret où les jours se composent ;

A l'heure où tout l'amour se rejoint dans mon cœur.
Venant de tout l'espace et de toute contrée;
Où, dans un clair jardin, l'abeille rencontrée
Me transmet sa luisante et divine vigueur !

A l'heure où l'aube d'or souffle sa fraîche haleine,
Où, sur un vert coteau baigné de vents sucrés,
Les trèfles, dont les fleurs sont des pinceaux pourprés,
Comme un rose torrent dévalent vers la plaine,

Où, les deux bras jetés sur la douce saison,
J'appuie au bleu de l'air ma bouche vive et morte,
Où les blancs papillons que la brise transporte
Dans un narcisse éclos tombent en pâmoison.

— Mes vers, dites à ceux qui liront vos musiques,
Que vous n'êtes qu'un peu de soleil qui descend,
Qu'un peu de frange prise à la pourpre du sang,
Qu'un peu de cendre au bas des brûlures physiques.

Ah ! malgré mes sanglots si pressants et si longs,
Que pouviez-vous garder, dans votre coupe étroite,
De l'immense Océan qui chante et qui miroite,
Million de désirs ! de pleurs ! de violons !

Que pouvez-vous garder des langueurs de Venise,
Des regards de l'Amour aux soupirs allongés,
D'un odorant matin dansant dans les vergers,
Et des soirs abattus où Venise agonise ?

Mais puisque votre écho ne peut être pareil
A la cymbale d'or des chaudes existences,
Peut-être que mon rêve est entré dans vos stances,
Et que vous ressemblez, mes vers, à mon sommeil...

# CHANT D'ESPÉRANCE

« En vérité, la terre deviendra
un jour un lieu de guérison! »

Au-dessus du beau soir alangui de clartés,
D'inexprimables vœux, de parfums arrêtés,
De songes s'égarant, d'insectes, d'étamines,
De graines, de pollen, molle, verte farine,
Les étoiles, couleur de grésil et de sel,
Semblent les calmes yeux du Silence éternel...
De nouvelles amours comme un sublime fleuve
Descendent des coteaux. Tout l'espace s'abreuve
A quelque ardente joie, à quelque espoir flottant :
C'est le printemps, entends, mon cœur, c'est le printemps!
Le destin va fleurir ! Par de tièdes bouffées
Le sol s'élève aux cieux ; les senteurs étouffées
S'exaspèrent dans l'air comme des bras tendus ;
O sanglot des parfums ! Les lilas éperdus

Ont près d'eux leur odeur comme un gisant orage.
L'on souhaitait mourir, quel oubli du courage !
Quel oubli de l'immense et sainte volupté !
Entends, c'est le printemps, c'est le futur été !
Le vent avec un bruit de musique et de rire
Mène sa danse noire, il respire, il soupire,
Il parcourt le sommet des arbres printaniers,
Au lieu d'ailes, il a des cymbales aux pieds,
Et voici qu'au-dessus du feuillage où je rêve
Ce vent lyrique chante en dispersant les sèves :
« O vous les plus ardents, les plus passionnés,
Vivez, les verts bonheurs dans les jardins sont nés !
Déjà comme un épais et transparent nuage
La foule des désirs et des soupirs voyage.
Je vous donne cette ample et limpide saison,
Ses parterres sucrés, sa liqueur, son poison,
Ses succulents semis, ses vins, ses douces poses,
Et son regard sanglant de tigre sous les roses.
Courez à ces divins, à ces brûlants combats !
O langueur du printemps ! Les parfums flottent bas,
Le pollen du lilas dans le soir glisse et nage.
Roulez-vous sur le cœur de la bête sauvage !
Le Soir mettra sur vous ses doigts voluptueux ;
Les regards enivrés levés vers les cieux bleus,
Vous sentirez, puissante et brûlante faiblesse,
Le sang de votre cœur couler sous sa caresse.
Vivez, souffrez, ayez le plaisir, la douleur,
Que tout l'être fondant soit un torrent d'ardeur ;
Que votre âme échappée, active, vaste, errante,

Soit l'humain firmament de la terre odorante.
Soyez broyés, soyez diffus, universels... »
— Le feuillage balance un songe sensuel,
Le vent s'est tu, la nuit est paisible, profonde.
Suavité, j'ai mis mon cœur autour du monde...

# LES HÉROS

« Affirmateurs de la vie. »

La tristesse du soir autour de moi s'amasse,
Le monde est un étroit enclos,
Mais je quitte le sol, je monte dans l'espace,
Et je parle avec les héros !

Tous les fronts, tous les chants, tous les cris magnanimes
Font dans l'air un vivant décor,
Des sites plus brûlants, des rives plus sublimes
Que les nuits de la Corne d'Or !...

Que d'autres cherchent l'air des bois, de la montagne
Et la brise des Océans,
Je m'enfonce dans l'ombre où nul ne m'accompagne
Je respire chez les géants !

Je vois luire leurs yeux, leur frémissant visage,
La place ardente de leur cœur,
L'un a le luth, l'autre a la tempête et l'orage,
L'autre le sang et la sueur.

Ah ! laissez-moi partir, laissez que je rejoigne
Ce cortège chantant, divin,
Que je sois la timide et rêveuse compagne
Qui porte le sel et le vin.

Laissez que j'aille auprès de ceux dont l'existence
Répandait des rayons pourprés,
Et qui sont dans la mort entrés avec aisance
Et comme des danseurs sacrés !

Combien de fois n'ayant plus la force de vivre
Ai-je soudain souri, bondi,
Pour avoir entendu les trompettes de cuivre
Des adolescents de Lodi !

Combien de fois pendant ma dure promenade,
Mon cœur, quand vous vous fatiguiez,
Ai-je évoqué pour vous, dans la claire Troade,
Achille sous un haut figuier !

— J'ai pour héros tous ceux que le génie égare,
Amants du rêve et du désir ;
Et l'enfant de treize ans mourant dans la bagarre
Et riant de ce grand plaisir !

Tous ceux qui recherchant d'ineffables conquêtes
    Hélaient des royaumes sans bords,
Et qui joyeux, montant dans votre char, Tempête,
    Mettaient des ailes à leurs corps !

Tous les plus enivrés, tous les plus fous d'eux-mêmes
    Avec mes yeux se sont croisés.
Je crois les voir, au fond des jours d'été suprêmes,
    Où l'azur semble pavoisé !

D'un mouvement puissant, naturel, frénétique,
    Je marche les regards levés,
Pour suivre dans les flots de la nue héroïque
    La trace de leurs pieds ailés.

Ah ! quel tumulte ardent, quelle immense nouvelle,
    Quel suave frémissement,
Quand soudain l'un de vous à mon cœur se révèle
    Et me parle plus fortement !

Dans la vie où je vais l'âme toujours pâmée,
    Le cœur enivré, sombre et doux,
Je n'ai d'autre besogne, intrépide, enflammée,
    Que d'être amoureuse de vous !

Vous êtes mes vaisseaux, mes rives, mes grands arbres,
    Mon soleil, mon ardent matin,
Qu'ai-je besoin d'amis, j'ai les hommes de marbre
    Qui se penchent sur mon destin ?

Hélas, je ne crois pas à notre âme immortelle,
    Mais j'ai pour profond paradis'
Les feux que votre vie a laissés derrière elle,.
    Et les mots que vous avez dits !

Chétive, mais brisant ma paix et ma demeure,
    Cherchant ce qu'on ne peut saisir,
Je fus pareille à vous qui précipitiez l'heure
    Et qui n'aimiez que l'avenir !

J'ai vécu débordant de songes, la musique
    Par qui la terre touche aux cieux,
Parfois semblait courir dans mon sang nostalgique
    Et semblait jaillir de mes yeux.

Tout l'azur, chaque jour tombé dans ma poitrine,
    S'élançait en gestes sans fin,
Comme on voit s'élever deux gerbes d'eau marine
    Du souffle enivré des dauphins !

Je viens, portant sur moi la douce odeur des mondes
    Et tenant les fleurs de l'été,
Accueillez-moi ce soir dans l'ombre où se confondent
    L'héroïsme et la volupté !

1903-1907

FIN

# TABLE

---

## I

### VIE-JOIE-LUMIÈRE

TABLE                    413

## II

### BEAUTÉ DE LA FRANCE

### III

#### LES JARDINS

TABLE                                   415

## IV

### LA DOULEUR ET LA MORT

PARIS. — IMP. L. POCHY, 117, RUE VIEILLE-DU-TEMPLE. — 1217-4-07.

www.ingramcontent.com/pod-product-compliance
Lightning Source LLC
Chambersburg PA
CBHW050743030726
47505CB00002B/369